# SAINT-ALME

## ET

## ZULIME.

Tu es le maître de ma vie, mais non pas de mon honneur.

# SAINT-ALME

## ET

## ZULIME,

### OU

## L'ILE FORTUNÉE

### DANS

### LES SABLES BRULANS DE LA LYBIE;

AVENTURE SINGULIÈRE ET VÉRITABLE,

*Lors de l'expédition des Français en Egypte et en Syrie,*

Librement traduite de l'allemand, et publiée par J. E. J. F. BOINVILLIERS, etc., et N. H. FACQUEZ, de l'Académie d'Amiens.

---

*La vertu n'est jamais sans récompense.*

---

A PARIS,

Chez la veuve DEVAUX, libraire, rue de Malte, n°. 382. Et RENOUARD, rue Saint-André-des-Arts, n°. 42.

---

An XI — 1803.

Conformément à la loi du 19 juillet 1793 , je place cet Ouvrage sous la sauve-garde des Lois et de la probité des Citoyens. Les Exemplaires dudit Ouvrage ont été fournis par moi à la Bibliothèque nationale.

BOINVILLIERS.

# A MADAME DE K***

MADAME,

VOUS exigez de moi ce que je ne puis raison-
nablement vous promettre. La nature des occupations
littéraires auxquelles je me suis livré jusqu'à ce jour,
mon éloignement connu pour les productions frivoles,
ne me permettent pas de vous satisfaire. Un Roman!
quand vous savez mieux que personne que je con-
damne hautement ce genre de travail; quand vous
m'avez entendu plusieurs fois presser votre aimable
*Eugénie* de renoncer à la lecture d'ouvrages qui,
s'ils ne corrompent pas sa raison, comme j'aime à
le croire, remplissent du moins son esprit de futilités
qui prennent la place des connaissances utiles et sérieuses
qu'elle pourrait acquérir sous les yeux et avec le
secours d'une mère infiniment sage et éclairée. Les
Romans! la plupart sont si mal écrits! Heureux
encore, mille fois heureux, si nos cœurs ne sont
pas infectés du poison qu'ils contiennent le plus souvent,
poison d'autant plus pernicieux, qu'il nous est pré-
senté dans un vase bordé de miel! Les jeunes personnes, en les lisant, compromettent leur innocence
et quelquefois leur salut. Les femmes ont le cœur si
tendre, que l'amorce d'un plaisir trompeur les séduit

bientôt ; l'entier oubli de leurs devoirs suit de près
le désir coupable qu'elles ont de ressembler à l'héroïne
dont elles envient les jouissances mensongères, et
elles finissent tôt ou tard par sacrifier à des penchans
déréglés, à une passion funeste et illégitime, leur
bonheur et celui des êtres intéressans qui les envi-
ronnent. Ces considérations, qui pouraient me mener
plus loin que je ne veux, m'imposent la pénible obligation de vous refuser, Madame, ce que vous vous
croyez en droit d'exiger d'un ami qui cultive les lettres
et qui, à ce titre, voudrait vous donner toute autre
chose qu'un *Roman*. Mais, pour vous prouver combien il me serait agréable d'acquiescer à un de vos
souhaits, dont l'accomplissement s'accorderait avec
ma doctrine et mes goûts, je vais publier en votre
faveur, et pour le plaisir des personnes qui aiment
le merveilleux, une Histoire vraiment singulière qu'a
traduite, à ma demande, un homme d'esprit qui
possède fort bien la langue Germanique, et à laquelle
j'ai mis la dernière main, soit en ajoutant et retran-
chant, lorsque je l'ai cru nécessaire, soit en adou-
cissant et changeant un grand nombre d'expressions
qui ne pouvaient être admises dans notre langue, sans
un grave inconvénient. Je désire, Madame, que vous
trouviez dans mon empressement à vous faire part
des aventures de Saint-Alme, dont les parens vous
sont connus, le gage véritable des sentimens d'estime
et de respect que je vous ai voués pour la vie.


BOINVILLIERS.

# PRÉFACE

## DE L'ÉDITEUR ALLEMAND.

L'HISTOIRE qu'on va lire, m'a été communiquée par un ami qui allait à W... en passant par ma ville natale. Il revenait de Toulon où les aventures récentes de Saint-Alme lui avaient été racontées et remises par M. R*** négociant français, à qui Saint-Alme lui-même les avait fait parvenir.

Le négociant R*** était attaqué d'une maladie grave qui ne lui laissait aucun espoir de guérison. Dans cet état fâcheux, il se disposait à mettre au jour l'histoire du jeune Saint-Alme, mais des symptômes allarmants l'avertirent qu'il n'était plus temps d'exécuter ce projet. L'ami dont j'ai parlé plus haut, était à Toulon chez M. R***; il le pria de lui confier ces aventures, et lui promit de les faire rédiger et publier soit en France, soit en Allemagne, pays qu'il devait bientôt parcourir. R*** mourut peu de

temps après avoir acquiescé à cette demande, et mon ami ne tarda pas à
se transporter dans ma ville natale.
Des affaires importantes l'avaient em-
pêché jusqu'alors de remplir la promesse qu'il avait faite au possesseur
des Mémoires de S. Alme. Nous eûmes
occasion de parler d'ouvrages de lit-
térature, il se rappela alors son ma-
nuscrit, et il me le confia en m'invitant
à le faire paraître. Les papiers consis-
taient en une espèce de Journal et en
lettres adressées au négociant R***;
j'ai cru devoir refondre le tout, et,
lui prêtant une seule et même forme,
j'ai choisi le travail le plus approprié
à mon imagination.

Puisse cette histoire intéressante
faire autant de plaisir à mes Lecteurs,
que j'en ai éprouvé moi-même en la
rédigeant! Je ne me repentirai pas
de l'avoir écrite, si le Lecteur satisfait
ne se repent pas de l'avoir lue.

POLT.

# SAINT-ALME
## ET
# ZULIME,
### *OU*
## L'ILE FORTUNÉE.

---

## CHAPITRE PREMIER.

### *Les adieux du départ.*

SI le Destin te supporte, supporte à ton
tour le destin, suis-le gaîment et de bonne
grace ; si tu ne le veux point, il t'entraî-
nera malgré toi.

---

Ma Tante pénétrée d'une vive douleur, me serrait entre ses bras dé-
charnés ; des larmes amères coulaient
le long de ses joues livides et mouil-
laient son sein où jadis reposaient les
lys et les roses. Ses lèvres décolorées
bégayaient en tremblant un dernier
adieu, puis se collaient sur les miennes

A

qui, en se retirant par dégrés, semblaient l'avertir de ne pas confondre les charmes du bel âge avec les rides de la vieillesse. La bonne Tante ! Elle me chagrinait avec ses effusions de cœur ; ses caresses ingénues m'arrachaient des soupirs qui en s'échappant volaient vers celle qui en était l'objet. Je parvins à me délivrer des embrassements de ma chère Tante ; je lançai sur elle un regard où se peignait toute mon âme ( car je l'aimais au fond ) et je quittai l'appartement en proférant d'un ton calme cette exclamation insignifiante : *Si Dieu le veut, nous nous reverrons.* Ces mots ne furent pas perdus pour Mikélie qui était restée debout dans l'antichambre ; c'était une jeune personne que l'Amour semblait avoir formée, qui comptait seize printemps, belle comme la fleur du matin, ma cousine, en un mot. Les yeux fixés vers la terre, les mains croisées l'une sur l'autre, immobile et pensive, Mikélie était dans l'accablement d'une Magdeleine en pleurs. Le bruit qu'excita ma sortie la rendit à elle-même, elle leva sur moi ses yeux qui annonçaient le reproche, je lui souris tendrement, et d'un regard expressif je l'entraînai sur mes pas dans le jardin voisin de l'appartement. O bonne et douce Mikélie! Elle s'avança vers moi à pas lents et mesurés, sa démarche était celle d'une Veuve indienne que l'on conduit au bucher pour y être brûlée vive en l'honneur de son époux descendu sur les sombres bords.

Les bras tendus vers cette charmante fille, je courus à elle, et lui dis : « Je pars, adorable Mikélie.... je pars, mais ce n'est pas sans espoir de retour ». A ces mots, elle appuya sur ma poitrine sa tête d'ange, elle prit ensuite ma main et la posa sur son cœur palpitant, comme si elle avait voulu le faire parler lui-même et s'abstenir ainsi de tout reproche auquel la bouche aurait eu quelque part. Mes lèvres cherchaient les siennes, je la pressais fortement contre mon sein, et j'employais le langage le plus touchant pour dissiper ses craintes. L'enthousiasme dont j'étais pénétré donnait à mes paroles une sorte d'onction, une chaleur qui n'appartient qu'au sentiment. Le cœur de Mikélie était déchiré, des larmes inondaient ses joues rosacées et tempéraient la vivacité de ses yeux qui naguère brillaient comme deux étoiles au milieu d'une belle nuit d'automne. Tu pars, me dit-elle, et mon cœur s'éloigne avec toi. Je le prends sous ma sauve-garde, lui répliquai-je d'un ton plein d'assurance ; crois moi, il ne m'échappera pas. — Tous tant que vous êtes, hélas ! vous tenez ce langage, mais, quand vous n'êtes plus sous notre surveillance, vous avez bientôt oublié votre promesse et vos serments. Le génie de l'Amour a tant de pouvoir, qu'il vous fait voltiger avec une espèce de délire, ses jeux sont ceux d'un enfant, mais ses coups sont terribles et les blessures qu'il fait sont incurables. — Je suis pur et sincère, Mikélie ; que peut-on redouter d'un ami vrai et irréprochable ? — Tout est dans le souvenir, et rien n'est dans le cœur. — Sans le cœur, point de souvenir. — Que Dieu permette, Saint-Alme, que dans deux ans tu me parles encore avec la même assurance, mais je n'ose.... — Ne crains rien, ma belle amie. — Esclaves de vos plaisirs, vous épiez sans cesse les occasions de les satisfaire. — Les Almes et les Charasies d'Egypte sans doute ? *

* *Ce sont des danseuses.*

( 5 )

— Peut-être. — Ou bien les Bajadares indiennes ? * — Ce sont des femmes, eh ! qu'importe le nom qu'on leur donne ! — Mikélie, tu deviens amère. Le moment de la séparation doit-il être celui où tu te plaises à aggraver mes maux ? Est-il bien généreux d'accabler de la sorte un malheureux qui t'aime ? Réponds, bonne Mikélie, me suis-je donc rendu indigne de ta confiance ? — A peine suis-je entrée dans le monde, que j'ai connu la perfidie et la malignité de votre sexe. — Tu nous as mal jugés. Se tromper est de l'homme, et quand on est sensible comme tu l'es, on croit devoir toujours se mettre en garde contre les piéges d'autrui. Mais, en faisant le procès à tous les hommes, tu frappes d'anathême ceux qui sont bons et te ressemblent. — Oh ! si je pouvais toujours me retrouver dans ton cœur ! — En douter est un crime. Non, jamais, je ne t'oublierai, Mikélie, tu vivras éternellement au fond de mon âme, ton image adorable s'offrira partout à moi, partout elle me suivra, soit dans les riantes contrées de l'Egypte, soit dans les sables brûlants

* *Les Bajadares sont aussi des danseuses.*

A 2

de l'Arabie. Tes vertus seront pour mon cœur une barrière plus forte contre le vice, que tes charmes qui pourtant exercent un si redoutable empire. Adieu, céleste Mikélie, nous nous reverrons, porte toi bien et n'oublie jamais celui qui te jure constance et fidélité. Ma bouche aussitôt s'empressa de sceller cette promesse sur ses lèvres fraîches et vermeilles ; je m'arrachai de ses bras, je dérobai à son sein palpitant le ruban virginal qu'elle portait, et je précipitai mes pas vers la porte. Le postillon souffla de toutes ses forces dans son cor, je m'élançai dans la voiture, et nous roulâmes jusqu'à Toulon.

# CHAPITRE II.

## *L'enthousiasme de la gloire.*

Amour, Amour, quelle que soit ta puissance sur les pauvres humains, elle doit céder aux besoins qu'ils ont d'acquérir tant soit peu de célébrité.

---

A peine pouvais - je bégayer les tendres noms de *père* et de *mère*, que la mort, l'impitoyable mort vint m'enlever les auteurs de mes jours. La sœur de ma mère, bonne et honnête personne, me prit auprès d'elle, me recueillit comme le seul héritage de quelque valeur qu'avaient laissé mes parents. Elle demeurait à Aix où elle avait épousé un riche fabriquant de soie. Le brave et honnête homme était persuadé qu'il se frayait par dégrés un chemin vers le ciel en permettant qu'un pauvre orphelin, comme moi, prît part aux biens considérables qu'il avait amassés par son travail. Je fus élevé de même que l'enfant de la maison, c'est à dire qu'on me donna la meilleure éducation qu'il fût possible de recevoir alors. Ma pauvre Tante accoucha d'une fille quelques années après, l'amitié sincère qu'elle me portait ne s'affaiblit pas pour cela, seulement elle partagea entre sa fille et moi sa tendresse et ses soins.

Dès ma plus tendre jeunesse, j'annonçai d'heureuses dispositions pour le dessin, j'avais pour cet art un goût prononcé, une passion que rien ne put tempérer par la suite. Ma Tante me donna un excellent maître, j'étudiai sous lui avec toute l'ardeur dont j'étais capable. Il est certain qu'en peu de temps je fis, grâce à ses leçons, des progrès si rapides, que je surpassai bientôt tous ceux qui avaient déjà consacré plusieurs années à l'étude du dessin. Semblable à un Génie, je me frayais des routes nouvelles, j'avais adopté une manière qui m'était propre, et je sçavais distribuer dans mes tableaux les jours et les ombres en m'écartant du *faire* des autres maîtres.

Le hasard me procura la connaissance d'un célèbre Naturaliste qui passait par Aix pour se rendre en Espagne. Il fut enchanté de mon habileté, et, s'étant pris d'une belle passion pour moi, il me proposa de l'accompagner dans son voyage. Il eut soin à cet effet de me vanter les avantages incalculables qui en résulteraient pour mon talent ; je saisis donc avec ardeur une occasion aussi précieuse de satisfaire mes goûts et le désir de m'instruire dont j'étais tourmenté. Je m'estimais infiniment heureux d'avoir trouvé le chemin qui devait me conduire à la perfection de l'art que je cultivais, art qui ne peut se fortifier que par la nature et se nourir des scènes ravissantes qu'elle offre en tout temps à l'homme qui prend soin de l'observer. Ma Tante m'accorda la permission de m'absenter pour deux ans, et plein de joie je partis pour l'Espagne avec monsieur Desfontaines.

Les sites pittoresques des Pyrénées du côté de Siéra-Léona et d'autres monts encore bien dignes du pinceau d'un peintre, les champs de quelques provinces tout couverts de fleurs et entrecoupés de mille ruisseaux, un ciel qui se peint d'un éternel azur, tout m'offrait des moyens sans nombre d'ennoblir mon art, et moi, de mon côté, je ne ménageais rien de ce qui pouvait me procurer les avantages qu'en partant je m'étais promis de retirer de mon voyage. Pendant que M. Desfontaines cherchait des plantes et des minéraux, je dessinais les riants paysages qui s'offraient à ma vue ; j'en rehaussais les beautés, en plaçant à l'entour des grouppes de villageois et des chaumières répandues çà et là avec goût ; ou bien, je me jettais dans l'idéal, je m'emparais des Nymphes de l'Antiquité qui se plaisaient à former des chœurs de danses légères, ou à mener paître un troupeau sur les bords d'un fleuve dont les eaux paisibles étaient l'image du calme qui régnait au fond de leur âme. Enfin mon imagination peuplait la nature entière, ou plutôt la nature empruntait ses charmes de mon imagination brûlante.

Les deux années que ma chère tante m'avait accordées, s'étaient rapidement écoulées au milieu des occupations les plus agréables. J'avais parcouru avec Desfontaines toute la province d'Espagne et le royaume de Portugal, je retournais dans ma patrie avec un trésor de connaissances que je devais au Sçavant estimable qui m'avait permis de l'accompagner, et j'étais sûr de retrouver le bonheur dans les bras de ma tante et dans les embrassements de ma chère Mikélie. Cette charmante fille était parvenue, pendant mon absence, à cette époque où le cœur commence à former des désirs, la fleur de la jeunesse brillait sur son teint vermeil, son premier regard fit sur moi une impression dont je ne pus me rendre compte. J'admirai en elle un port divin qui ne pouvait appartenir qu'à la reine des Dieux, j'apperçus à l'ombre de beaux sourcils noirs deux grands yeux bleus légèrement caressés par des anneaux de cheveux qui tombaient négligemment sur son front et exhalaient une odeur d'ambroisie. Un nez aquilain tombant perpendiculairement sur une bouche qui invitait aux baisers, laissait à droit et à gauche deux joues peintes du plus bel incarnat. Une rangée de dents qui imitaient des perles, laissait voir à chaque sourire entre des lèvres de rose les jours et les ombres d'un tableau. Son pied était si mignon, qu'on n'aurait pu en trouver un semblable qu'à Pekin. L'Amour assurément aurait couvert mes yeux de son bandeau, que j'aurais deviné tous les trésors dont la nature s'était plue à combler Mikélie. On conçoit sans peine qu'il ne me fallut pas beaucoup de temps pour me décider à faire de la charmante Mikélie plus que ma cousine. En ma qualité de peintre, je me connaissais mieux en chefs - d'œuvre que la plûpart des autres hommes. Plus je passais d'instants auprès d'elle, plus j'éprouvais la force des liens qui m'attachaient à sa beauté que rien ne pouvait égaler. Tous les portraits que j'eus occasion de faire me retraçaient ses charmes divins; mon imagination exaltée lui prêtait un corps qui me suivait partout et auquel il ne manquait que la réalité.

Mikélie avait reçu une très belle éducation. Une Dame qui avait joui autrefois d'une grande fortune et qui retirée a Aix passait dans cette ville pour une personne éclairée et vertueuse, avait dirigé les études et formé le cœur de Mikélie; elle l'avait instruite des dangers que l'on court au milieu d'un grand monde, mais ses instructions n'avaient pas dépassé la ligne où il faut s'arrêter pour ne pas éveiller mal-

mal à propos la curiosité et ne pas corrompre l'heureuse innocence, ce trésor du bel âge. Mikélie possédait tout : beauté, sçavoir, graces, vertus; comment résister à tant de perfections diverses ! Ses yeux où se peignaient la candeur de son âme et la vivacité de son esprit avaient fait dans mon cœur une brèche que je cherchais vainement à réparer; je me défendais à la vérité, j'opposais mon faible courage aux forces supérieures de mon ennemi, je tentais une attaque qui pût retarder au moins l'instant de ma défaite. Inutile espoir! ressource infructueuse! Je sentis que je ne pourrais réussir qu'autant que je forcerais mon adversaire avec ses propres armes. Un soir, j'étais dans le jardin, assis sous un berceau de fleurs; ma cousine composait à mes côtés un bouquet de lilas et de muguets; les richesses et les bienfaits de la nature étaient l'objet de notre entretien, nous vantions les charmes de la solitude, le bonheur des êtres sensibles pour qui aimer est un besoin; la conversation s'animait, quand tout à coup les yeux de Mikélie rencon-

B

trèrent les miens, nos cœurs parurent s'entendre, je crus la deviner, je la pris entre mes bras, je la serrai tendrement contre ma poitrine, son visage touchait le mien, elle fit un effort pour se dégager, sa bouche par hasard se posa sur ma bouche... Que faites-vous, Saint-Alme, me dit-elle ? Ce n'est pas moi, bégayai-je en tremblant. — Vous voulez donc me forcer à vous fuir? A ces mots, je demeurai confus, mais bientôt : Pardonne, répliquai-je, ô mon aimable Mikélie, pardonne; je perdais la tête, mes sens commençaient de se troubler, j'éprouvais par tout le corps un frissonnement, une chaleur.... — Cet état, reprit Mikélie, pourrait devenir dangereux pour vous et pour moi. — Je le sens trop bien, m'écriai-je! — Il faut y prendre garde. — Ce mal n'est pas sans remède. — Vous devez le traiter convenablement et avec toute la sagesse dont je vous crois capable. — Je me livre à toi sans réserve. — La nuit s'approche, et l'humidité qu'elle répand peut vous être nuisible. Allons nous en, Saint-Alme. — Tu me fuis, tu me dé-

testes. — Au contraire. — Ne sçau-
rais-tu me pardonner un *accès* dont
je ne suis pas maître ? Mikélie sourit
ironiquement à ce mot : Monsieur,
me dit-elle, avez-vous souvent de pa-
reils accès ? Je pâlis et ne pus répondre à une question qui exigeait
de ma part un entier aveu. Je me
contentai de pousser un profond soupir, en abaissant les yeux vers la
terre. Point de réponse, dit-elle sérieusement ; voilà un aveu tacite. — Un
aveu ! eh bien oui, j'en ai un à te
faire, Mikélie. — Je vous en tiens
quitte d'avance, Monsieur. — Mais sans
doute tu ne m'empêcheras pas... Je
veux, moi, te faire un aveu volon-
taire. — Je le crois, vous en avez fait
assez en Espagne. — Tes reproches
sont amers, belle cousine. Eh bien,
fâche toi, si tu le veux, la confi-
dence que j'ai à te faire me pèse trop,
il faut que tu l'entendes. Regarde moi;
mais là, que ce soit de bonne grace.
— Que voulez-vous ? — Je.... je t'aime,
je t'adore, ô ma chère Mikélie. Je
n'eus pas plutôt proféré ces paroles,
que ma cousine releva modestement
ses paupières qu'elle abaissa de suite ;

une rougeur enfantine couvrit son visage, elle joua avec le voile importun qui me dérobait ses charmes, un bel embarras se peignit sur toute sa personne. Le moment me parut favorable, je pris courage : O ma bien aimée, lui dis-je, en plaçant sa main sur mon cœur, réponds enfin, m'aimes-tu ? Sa jolie tête se balança plusieurs fois comme un beau lis mollement agité par les zéphirs; puis elle s'arrêta vers moi, et me fixant tendrement elle me fit signe des yeux que j'étais payé de retour. Que l'on juge, s'il est possible, de mon bonheur et de ma joie ! Je m'approchai de ma chère cousine qui paraissait toute confuse d'un innocent aveu, je la pris entre mes bras, et, pour la rassurer non moins que pour l'absoudre, je scellai l'alliance de nos cœurs par mille baisers. Personne au monde n'aurait pu comparer sa félicité à la mienne. Après que nous eûmes goûté en silence les douceurs ineffables que procure une tendresse mutuelle, fondée sur le respect et sur l'estime, je repris le fil de notre entretien, et j'assurai Mikélie de ma constance ainsi que de ma fidélité. Elle faisait, de son côté, la même chose, elle me protestait que Saint-Alme lui serait toujours cher. Nous rîmes beaucoup de la tournure que nous avions donnée à notre déclaration d'amour.

Je sçavais qu'il entrait dans le plan de ma tante de nous unir, Mikélie et moi, par les liens du mariage, et j'étais charmé que notre union conjugale fût plutôt l'effet de notre sympathie, que celui de la contrainte. Mon oncle, à qui j'avais fait part de mes sentiments pour sa fille, pensait que je devais attendre encore trois ans pour obtenir sa main... Trois ans, bon Dieu ! Le cher homme était dans l'intention de me faire son commis, et de me charger, par la suite, de sa fabrique, aussitôt que j'aurais, disait-il, une ample provision de connaissances nécessaires pour soutenir et agrandir son commerce. Je ne pouvais douter de ses bonnes dispositions à cet égard, car je sçavais qu'il était à peu près déterminé à se retirer, ayant acquis une fortune assez considérable. Quoiqu'un semblable délai fût pour moi bien pénible, je dus néanmoins me conformer aux volontés de mon oncle, et, depuis quelque temps, je vivais fort tranquille, comptant sur les douceurs d'un riant avenir, et né rêvant qu'aux moyens de plaire à ma belle cousine.

A cette époque arriva l'expédition de Bonaparte en Égypte. Les journaux et les gazettes, en faisant connaître ce mémorable événement, allumaient dans tous les cœurs le vif désir de voir, de parcourir ce pays si célèbre, sous la conduite d'un héros, d'un guerrier aussi heureux qu'intrépide. Je lus tout ce qu'en avaient écrit les différents voyageurs qui l'avaient visité, et mon enthousiasme pour ce pays plein de merveilles s'accrut chaque jour avec le désir que j'avais de le voir. L'article *Égypte*, dans une certaine gazette, donnait matière à beaucoup de débats dans le cercle de notre famille, et souvent ces débats patriotiques se terminaient par ce vœu bien sincère : *Si je pouvais en être aussi !* A un pareil vœu fortement exprimé, mon cher oncle répondait toujours, et sans qu'on l'en priât : Qui donc t'empêche de satisfaire ta curiosité? un ou deux ans te suffisent, mon ami, pour que tu t'en tires avec gloire, et s'il faut te parler à cœur ouvert, je serais flatté, moi, que tu fusses de l'expédition.

Ces paroles ne contribuèrent pas peu à fortifier mes désirs, et je déclarai hautement, que j'étais disposé à me mettre de suite en route. Mikélie étrangement surprise d'une telle résolution jettait sur moi des regards qui annonçaient toute son inquiétude ; elle semblait me demander si je parlais sérieusement. Ma tante, de son côté, ne cessait de me dire : Veux-tu donc te faire manger par les crocodiles ? Je me mis en devoir de faire ma réplique. Je dissertais sur les pyramides, je parlais du labyrinthe, des catacombes, des momies, des anciens orphelins de l'Egypte, je peignais avec enthousiasme les bords charmants du Nil, toujours émaillés de fleurs, et toujours dans mes descriptions j'employais les images les plus riantes, j'offrais les tableaux les plus éloquents, ensuite, pour me faire mieux écouter, je faisais le récit des productions naturelles de la haute et de la basse Egypte, je parlais du natron, du papyrus, des substances qui servent à la teinture, de l'arbre qui produit le coton, je rapportais enfin à tort et à travers tout ce qui me venait dans l'esprit, et qui me semblait servir mes intentions de la manière la plus sûre et la plus efficace. Pour faire entrer encore mieux mon cher oncle dans mes projets chevaleresques, je lui parlais avec le plus grand intérêt des établissements de soieries, que l'on trouve en Egypte, et je ne manquais pas d'insister sur le profit réel que je pourrais tirer de mon voyage, relativement à ma destination future. Ces considérations lui plaisaient tellement, que lui-même me pressait de partir et me faisait entendre que *le plutôt serait le meilleur.* Mikélie employait les paroles les plus touchantes pour me détourner de mon entreprise, sa mère se joignait à elle, et toutes deux, de concert, me représentaient les périls sans nombre auxquels j'allais m'exposer. Il n'y a rien à craindre, disait mon oncle, on doit tout oser sous la conduite d'un chef protégé par la Fortune et sûr de sa valeur. Il n'y a rien à craindre, répétais-je tout joyeux, il faut donc partir pour la gloire.

Déjà je me transportais en imagination sur les rives du Nil ou sur le lac Menzalé; je contemplais les pyramides de Dsise, j'errais dans le fameux labyrinthe ou dans les allées de platanes et de dattiers du Delta, je dessinais même le paysage autour de moi, comme si ces lieux vivement souhaités m'avaient offert réellement tout ce qu'ils ont d'enchanteur. Le Gouvernement français invitait tous les jours de jeunes artistes à se rendre en Egypte, et leur promettait de les y placer de la manière la plus avantageuse. Je n'hésitai donc point à faire part au Gouvernement de l'intention que j'avais d'accompagner en Égypte Bonaparte et les sçavans que ce grand homme avait à sa suite. Ma proposition fut acceptée, et je ne songeai plus qu'à faire mes préparatifs pour mon départ. Je pris congé de mes parents, ainsi que je l'ai exposé à mes lecteurs au commencement du premier chapitre, et je partis plein de courage et de fermeté pour la ville de Toulon où je devais m'embarquer pour l'Egypte.

# CHAPITRE III.

## *Arrivée en Egypte. Aventures.*

Nous sommes mortels, tous nos vœux le sont aussi. Le chagrin et la peine passent, et nous passons avec eux.

L'idée d'un voyage qui semblait ne me promettre que des jouissances, était loin de me faire oublier les bons et honnêtes parents que je venais de quitter. Sur la route, je prenais en main les rubans que j'avais dérobés au sein de Mikélie, je les baisais un million de fois, leur présence renouvelait en moi toutes les sensations que l'amour le plus tendre m'avait fait éprouver. Je les voyais orner le front et le sein de mon adorable cousine, je la voyais elle-même, belle de ses attraits, détacher avec grace ces ornements étrangers pour me les offrir : Saint-Alme, me disait-elle, n'oublie jamais Mikélie ; je l'entendais, et je

soupirais secrettement après mon retour auprès d'elle. Tout à coup je chas-
sais loin de moi ces pensées, je mettais devant mes yeux les beautés de
l'Egypte, je me la représentais comme
un pays enchanté, un véritable paradis terrestre, je me la peignais à
moi-même sous les couleurs les plus
riantes. Ces illusions faisaient taire,
pour un moment, le penchant de mon
cœur.

J'arrivai à Toulon dans les meil-
leures dispositions du monde. Une fré-
gate était en rade, près de faire voile;
je m'embarquai de suite, et nous vo-
guâmes vers l'Orient, poussés par un
vent d'ouest assez frais. A mesure
qu'ils s'éloignaient de nous, les riants
côteaux de la belle provence ne paraissaient plus que comme un pays
couvert de brouillards; leur entière
disparition m'arracha un *ah!* involontaire. « Fortunées régions qui m'avez
« vu naître, vous reverrai-je encore ?
« Te reverrai-je, ô mon aimable Mi-
« kélie, objet de toutes mes affections ?
« quand pourrai-je rentrer dans le
« cercle heureux de ma famille, et
« recevoir encore les baisers de l'a-

« mour sur mes lèvres brûlantes? »
C'était ainsi que je m'écriais, et que
de loin, le cœur navré, je contemplais
ma belle patrie où mes vœux et mes
espérances étaient fixés jusqu'à un retour, hélas ! trop incertain.

Les flots de la mer m'environnaient
de toute part; elle promenait autour
de moi ses vagues tumultueuses; au-
dessus de ma tête paraissait suspendu
un ciel magnifique, tout parsemé d'é-
toiles, mais je tenais toujours malgré
moi mes regards fixés sur le perfide
élément dans lequel je pensais m'a-
néantir, et qui me semblait devoir en-
sevelir à toute heure ma confiance et
l'espoir dans ma félicité. Je passai plusieurs jours dans une douce mélan-
colie. Les joies bruyantes n'harmo-
nisent * point avec les craintes des
hommes séparés de leurs affections ;
il n'y a que les anges qui ne désirent
rien, qui boivent sans cesse à la coupe
du contentement.

Le vaisseau sur lequel je me trouvais était de temps en temps poursuivi

* Ce mot qui n'est pas consacré dans notre langue,
me semble pouvoir y être employé convenablement. Il
est utile et doux à la prononciation.

par

par les Anglais au milieu de la traversée, mais notre heureuse étoile ne permit pas que nous tombassions entre leurs mains. Quatorze jours s'étaient déjà écoulés, et nous touchions le terme de notre navigation. Les côtes d'E-gypte nous apparaissaient de loin, comme la faible lumière qui précède le soleil à son lever. Mille cris d'alé-gresse se faisaient entendre sur tout le vaisseau; on se serrait les mains, on chantait, on dansait, et la joie la plus vive formait des groupes inté-ressants d'hommes enthousiastes. A l'ap-proche de ce pays plein de merveilles, mon cœur battait avec force, j'éprou-vais un plaisir, un contentement que je ne puis exprimer; je respirais plus facilement, comme si l'on m'avait en-levé un lourd fardeau de dessus la poitrine, et mon imagination impa-tiente se promenait déjà sur les rives enchantées du Nil. Nous entrâmes dans le port d'Alexandrie au déclin du jour.

Je me rendis d'abord chez le gé-néral Marmont qui commandait la ville. Je lui remis ma commission et mes passe-ports; il m'ordonna de continuer ma route jusqu'au Caire où s'organisait alors une expédition pour la Syrie. Après quelques jours de repos, je m'embarquai sur le Nil, et poursuivant ma route, selon l'ordre que j'en avais reçu, j'arrivai au Caire le 6 février 1799. Je m'adressai de suite aux Inspecteurs de l'Institut organisé au Caire ( ils sortaient des ruines de la ci-devant Mosquée des fleurs ), je reçus d'eux la commission de suivre l'armée en Syrie pour y prendre, avec le secours de mon art, les vues les plus remarquables du pays que j'allais parcourir. Il m'aurait été beaucoup plus agréable de faire une petite excursion dans la haute Egypte, mais je dus me soumettre aux ordres de mon chef. J'employai le peu de jours qui me restaient avant le départ du quartier-général du Caire ( auquel j'avais été attaché ) pour visiter dans les environs ce qu'il y avait de plus curieux. Les courts instants dont je pus disposer, ne me permirent pas d'examiner les fameuses pyramides , ou de parcourir le célèbre labyrinthe, c'est pourquoi je dus me contenter de voir les curiosités des environs de la ville du Caire. Je ferai grace à mes lecteurs de la description des objets qui s'offrirent à mes yeux, tant d'historiens l'ont faite, tant de voyageurs ont eu le privilége de mentir avant moi !

Un matin ( c'était un des plus beaux jours du mois de mai ) j'errais çà et là hors du Caire, près des rives du Nil. Les dattiers et les platanes m'invitaient à jouir de leur ombre hospitalière, et le gazon émaillé de fleurs nouvelles m'offrait un siége qui aurait pu servir de trône aux Amours. Je me couchai par terre, et je me mis à considérer les eaux du Nil et les barques qui descendant ou remontant le fleuve se croisaient de côté et d'autre. Mes regards étaient fixés sur ce tableau mouvant, image de la vie humaine, tandis que mes pensées se reportaient sur tout ce qui n'existait plus pour moi, sur les champs de ma patrie et sur la maison de ma tante. Je prenais mes tablettes, et plein de souvenirs délicieux, je traçais des caractères, je formais des ébauches, sans sçavoir bien ce que je faisais. Tout à coup un bruit se fait entendre et

m'agite; je regarde autour de moi, tout redevient tranquille. Je jette nonchalamment les yeux sur ce que je venais de tracer, et un léger frisson me saisit. C'était une esquisse de Mikélie, que ma main conduite par mon imagination délirante avait tracée sur le papier. « Amour sacré, m'écriai-je
» involontairement, quel trouble mor-
» tel tu viens de me causer ! avec toi,
» les déserts deviennent des lieux en-
» chantés; sans toi, le paradis n'est
» qu'un triste océan de sables. Partout
» où ta féconde haleine se repand,
» naissent à l'envi des fleurs et des
» fruits sans nombre; où tu n'es pas,
» la nature meurt, son feu céleste s'é-
» teint. ». Soudain un cri plaintif : *au secours !* m'arracha à mes profondes rêveries. Je me levai subitement, et je me hâtai de diriger mes pas vers l'être souffrant qui réclamait mon aide. Un cavalier suivi de près d'un autre homme également à cheval, piquait des deux et accourait vers moi au grand galop. Le premier se tenait difficilement sur la selle et appelait à son secours de toutes ses forces; il était vivement poursuivi par le second dont le costume

singulier annonçait un Arabe qui serrait de bien près son ennemi avec son sabre recourbé.

A la première vue de cette terrible classe d'hommes, je devinai sans peine le sujet de l'odieuse poursuite de l'Arabe. Celui qui est dans le malheur a droit de réclamer l'assistance et la protection de tous les hommes, et c'est le devoir de tout mortel sensible de défendre l'opprimé contre l'oppresseur. Pénétré de cette vérité morale, je ne balançai pas long-temps sur le parti que j'avais à prendre. Je portais à mes côtés un sabre de Damas et une paire de pistolets. Plein de confiance dans celui qui veille sur nos destinées, j'attendis de pied ferme l'Arabe, et je le frappai d'une balle à la poitrine avec une commission pour l'autre monde. Le cruel Arabe renversé de cheval lutta quelque temps contre la mort, mais celle-ci qui ne fait grace à personne l'emporta brusquement au fond du noir Tartare, et le coursier, devenu libre, reprit en galopant le même chemin qu'il venait de parcourir avec son maître. Celui

que je venais de sauver, s'était ar-
rêté pendant le combat, il en avait
observé l'issue, sans témoigner aucune
émotion ; mais, après la défaite de son
ennemi, il descendit de son cheval,
et l'ayant attaché à un sycomore, il
vola vers moi : Généreux français, je
te remercie, me dit-il, en se pros-
ternant à mes genoux de la manière
la plus respectueuse.

— « Devoir, humanité, repartis-je. »

— « Humanité, reprit il en me pre-
nant la main, soit ! mais *devoir*, il n'y
en avait point de ta part, quand toi,
citoyen d'une autre nation, tu prenais
mon parti, et tu faisais mordre la poussière au brigand d'Arabe qui en voulait à ma vie et à mon trésor. A la
vérité, je pourais donner à ton action noble et généreuse le nom de devoir d'homme, de devoir de frère,
mais il n'appartient à un étranger, que
de remercier et non pas d'analyser. »
J'écoutais avec admiration le sage ora-
teur qui fixait si bien, en parlant, la
valeur de ses termes. La justesse de
ses idées et de ses expressions me rem-
plissait d'étonnement, moi qui étais loin

de m'attendre à un pareil langage de la part d'un naturel du pays. Il remarqua sans peine que j'étais tout surpris en l'écoutant, et il continua de la sorte :

« Tu es étonné de m'entendre parler ce langage ! Jeune-homme, ainsi que tous les peuples de l'Occident, tu regardes comme barbares les habitants de l'Orient, et c'est avec une extrême surprise que tu t'aperçois combien tu t'es trompé. »

— « Ne te hâte pas de conclure d'une partie au tout. »

— « Je suis habitant d'un autre monde. »

— « D'un autre monde ! quelle acception dois-je donner à ces paroles ? »

— « Aucune par avance. Nous apprendrons à nous mieux connaître. Tu es bon, je n'en doute pas ; ton âme se peint dans tes yeux, et ton cœur est sur tes lèvres. »

— « Oh oui ! je me range avec plaisir parmi ceux qui sont bons et sensibles. »

— « L'action que tu as faite donne beaucoup de prix à tes paroles. Je te l'avouerai néanmoins, j'ai souvent remarqué que les paroles sont rare-

ment les interprètes du cœur, j'ai remarqué qu'elles ne sont pour l'ordi-
naire qu'un vain bruit qui frappe les
oreilles et qui sert comme de manteau
à l'égoïsme et à l'hypocrisie. »

— « Tu juges bien sévèrement! tu
n'aimes donc pas les hommes? »

— « Je les aime, quand ils sont bons
et justes. Mais rompons cet entretien;
un jour peut-être je te convaincrai de
la vérité de mes sentiments. »

— « Avoir des autres une opinion
favorable et généreuse, cela ennoblit
le cœur. »

— « Jeune-homme, conserve cette
idée libérale; c'est un trésor infiniment
précieux qui t'appartient. Encore une
fois, je te rends graces comme à mon
sauveur, à mon libérateur. Ce n'est pas
tout : si la récompense que je puis te
donner suffit à ton ambition, je vais à
l'heure même te satisfaire. »

— « Penses-tu que je sois aux gages
de la justice et de l'humanité? »

— « N'avilis point mon offre. Si tu
pouvais en connaître le prix, qui sçait
si tu ne l'accepterais pas avec empressement? Elle est à mes yeux le bien le
plus désirable, le plus séduisant que

je connaisse sur la terre. Des obstacles m'empêchent en ce moment de
te le prouver de suite, mais si tu.....».

Il s'interrompit bien vite à ces der-
nières paroles, et m'ayant demandé
mon nom, il me donna le sien; puis il
me demanda ma qualité, et, comme
je lui parlais de ma destination pro-
chaine, il me promit de me revoir
bientôt et de m'entretenir. Pénétré d'un
sentiment vif, il me pressa encore une
fois contre son sein, se prosterna devant moi, sauta sur son cheval et dis-
parut à mes yeux.

---

# CHAPITRE IV.

## *Invasion en Syrie.*

Des erreurs qui ne portent atteinte ni à la pureté de nos principes, ni à la noblesse de notre âme, méritent indulgence et pitié au tribunal de la Raison.

---

Une belle originalité nous entraîne quelquefois plus aisément qu'une vertu d'habitude, et souvent le merveilleux fait sur nous une impression plus forte que la vérité nue et sans ornement. Celui que j'avais eu le bonheur de sauver se nommait *Oromade*. Il fixa mon attention par ses manières et ses idées vraiment extraordinaires; il m'intéressa en sa faveur, parce qu'il avait sçu piquer ma curiosité, et qu'il s'était montré tout à la fois simple et grand sans prétention. Ajoutez à l'idée favorable que j'avais conçue de lui, la satisfaction intérieure que j'éprouvais; j'étais charmé en effet d'avoir sauvé la vie à un homme. Un sentiment de cette nature est si doux! il porte dans l'âme un contentement, une joie si pure, qu'on ne serait guère tenté, selon moi, d'échanger une pareille existence contre la moitié de l'univers, et que le prix réel que notre cœur y attache équivaut à une béatitude inexprimable.

Je retournais au Caire, plein de ces agréables souvenirs. Qu'ils furent, hélas! de courte durée! Partout où je portais mes regards, je ne voyais que les plus terribles préparatifs de guerre. Tout était disposé pour notre expédition en Syrie, tout annonçait les hostilités les plus prochaines. Déjà l'armée expéditionnaire, qui était forte de douze mille huit cents quatre-vingt quinze hommes, se rassemblait à Belbeis sous les ordres des généraux Kléber, Verdier, Junot, Regnier, Lagrange, Bon, Vial, Rampon, Lannes, Robin, Deveaux, Murat, Dommartin. Bientôt elle se mit en marche et se dirigea sur El-Arisch qui est le premier endroit fortifié du côté des Turcs.

Le Général en chef partit du Caire le 10 février 1799, et je me trouvai à

sa suite. Nous arrivâmes le 17 auprès d'El-Arisch où il y avait déjà quelques divisions de l'armée, retenues par le blocus du fort qui s'opposait à la marche ultérieure. La garnison se rendit le vingt, et l'on fit alors toutes les dispositions nécessaires pour traverser les déserts que le peuple Juif a rendus si célèbres. Ces préparatifs avaient pour moi quelque chose d'extraordinaire et d'imposant, mais je n'étais pas fort tranquille sur l'issue de notre expédition. La marche à travers les déserts fut fort pénible, bien qu'elle ne dura que trois jours. L'eau des fontaines fut bientôt tarie; les hommes et les bêtes languissaient de soif, et ce n'était qu'avec beaucoup de peine, qu'en creusant la terre, on se procurait quelques ràfraîchissements; mais qu'ils étaient loin de suffire aux besoins de tous! Nous étions pleins de joie, quand nous pouvions trouver quelques gouttes d'eau, qui paraissaient avoir été oubliées au fond d'une outre; nous les réservions pour les jours de nécessité, et nous y attachions plus de prix qu'au meilleur vin du monde. Les ardeurs du soleil, auxquelles nous étions ex-
posés,

posés, le sable brûlant qui nous grillait la plante des pieds, la faim qui nous dévorait intérieurement, tout redoublait nos craintes et nos maux réels, et nous soupirions après le terme de notre voyage avec la même ardeur que le peuple choisi soupira jadis après la terre promise.

Quand nous eûmes marché pendant un intervalle de quatre-vingts heures, nous arrivâmes enfin au premier village de la Palestine, Kan-Junesse, d'où la vue s'étend au loin sur la fertile plaine de Gaza *. Ce spectacle ravissant excita dans mon cœur le sentiment de la joie et de l'admiration la plus vive. Cette belle plaine, couronnée de montagnes, offrait l'aspect des pays de l'Europe, les plus riants et les mieux cultivés. Ici finissait l'uniformité des vastes campagnes sablonneuses de l'Egypte, qui formaient une atmosphère de poussière semblable à des vapeurs dont l'air est obscurci. La vue fatiguée de ces objets divers se rétablissait et se fortifiait, pour ainsi dire,

---

* *Cette ville est située dans le Gouvernement de Jérusalem.*

D

en se reposant sur le vert tendre des arbrisseaux et des prairies.

L'armée fila le 27 vers Gaza, sans se diriger sur l'ennemi. Cependant une colonne assez forte s'étant montrée sur le côté de la ville, nous troupes, sans perdre de temps, marchèrent droit à elle. L'ennemi ne conserva pas long-temps sa position, il fut obligé de se retirer, après avoir perdu quelques hommes qui furent tués ou faits prisonniers. Alors notre armée plaça son camp derrière Gaza, et le quartier-général s'établit dans la ville, où il fut reçu avec prévenance, et traité comme s'il avait été plein d'anciens et fidèles amis. Je me rendis au camp, parce que j'étais enchanté de la confusion et de la bigarrure qui y régnaient, et que je pouvais m'y promener et y circuler à ma fantaisie.

Une foule de danseuses Egyptiennes suivaient l'armée. Elles étaient accompagnées de danseurs de cordes, appelés *phéléwan*, de bouffons, de charlatans et de baladins de toute espèce. Ils étaient tous confondus dans le camp parmi les soldats, et ils jouaient leurs farces en plein air, dans certains lieux qu'ils avaient choisis. Le hasard ou plutôt la curiosité me conduisit vers quelques danseuses qu'une foule de spectateurs environnaient. Je les vis avec plaisir; elles mettaient dans leur danse une expression que je tâcherais en vain de rendre. Les mouvements de leurs corps, leurs graces naturelles, les charmes que l'art y ajoutait, tout en elles portait l'empreinte d'une perfection qui surpasse l'idée qu'on pourrait s'en former. Ces femmes offraient une danse mystique dans laquelle la variété infinie des positions et la diversité des groupes formaient un beau désordre. L'enjouement et l'air de volupté répandu sur chacune d'elles faisaient un ensemble de beautés qui toutes ravissaient les spectateurs attentifs. Leurs robes retroussées avec art, le jeu libre de leurs bras, la pantomime de leurs gestes, leur air théatral, leurs mouvements si variés, qui accompagnaient, tantôt lentement, tantôt rapidement, la poésie de la représentation, ce spectacle, en un mot, produisait sur moi l'effet le plus étonnant.

Au milieu de ces charmantes filles,

se faisait remarquer une jeune danseuse,
qui l'emportait sur toutes ses compagnes,
et dont la taille svelte et la physionomie
animée fixèrent toute mon attention.
Souvent une beauté médiocre fait sur
nous plus d'impression qu'une beauté
parfaitement régulière et sans défaut.
Les passions ne tardent pas à être mises,
en mouvement, et l'imagination prend
bientôt feu, quand on est jeune,....
j'étais à la fleur de l'âge; faut-il donc
s'étonner que l'intéressante *Lesbie* eut
autant de charmes à mes yeux, qu'elle
captiva toute mon attention, qu'elle
fixa mon caprice pendant quelques
instants ? Elle n'était pas belle, à la
vérité, mais sa figure était pleine d'expression. Je fis venir le lendemain
Lesbie chez moi.. Je lui vantai l'art
dans lequel elle excellait, je fis l'éloge
de ses talents, autant bien que pouvait
me le permettre mon peu de connaissance de la langue du pays. Déjà
je m'étais occupé de la langue Arabe,
avant que de partir pour l'Egypte, et,
pendant mon voyage, je la parlais
souvent avec le capitaine de mon
vaisseau, qui la possédait passablement
bien; mais, quoiqu'intelligible, mon

langage avait néanmoins quelque chose de rude, sur-tout auprès d'une femme dont la voix était si douce et si aimable. Quand j'éprouvais quelque difficulté pour me faire entendre, pour exprimer ce que je sentais vivement, j'avais recours à la pantomime, et mes regards parlaient bien mieux, que ma bouche.

La charmante Lesbie avait gagné mes bonnes graces; elle étalait, elle épuisait auprès de moi tous les talents et toutes les ruses de son sèxe; et moi, j'étais assez léger, assez fou pour me laisser prendre aux piéges que me tendait une femme adroite, élevée à l'école de Circé * ! Bientôt je m'apperçus que je m'oubliais, quand tout à coup l'image de Mikélie se présenta à mon imagination; elle parut me menacer de la main, tout en jettant sur moi des regards expressifs qui semblaient réclamer mon amour pour elle, et m'assurer de mon pardon. Elle était si belle, que je regrettais le moindre regard accordé à la jolie danseuse ! Elle était si intéressante, que je désirais d'oublier les serrements de main que

* Circé *était une fameuse magicienne.*

Lesbie avait reçus de moi! Nous sommes tous de même, nous autres hommes. La moindre effervescence de nos sens entache nos principes les plus purs, nuit à la sagesse de nos intentions, et nous livre à des sentiments d'inconstance qui nous auraient fait rougir le moment d'auparavant. L'homme veut aujourd'hui, par le seul effort de sa vertu, triompher des tourments de l'enfer, tant il est sûr de son courage, tant il se sent capable d'obtenir la couronne que lui promet la vertu! et demain.... demain l'enfer est dans son cœur, les furies vengeresses y ont établi leur séjour! Il veut aujourd'hui mesurer la voûte immense des cieux, et demain, victime de l'amour, il soupire aux pieds d'une Laïs! Heureux celui qui n'est jamais trop prompt dans ses actions! Le repentir est doux, quand il n'a lieu que pour des intentions; c'est un feu dévorant, quand il s'agit d'actions.

Plein de ces pensées salutaires, je fis entendre à Lesbie que j'avais besoin d'être seul. Elle me reprocha avec un doux sourire l'ordre qu'elle recevait de s'éloigner; je tins ferme, elle se retira , et je me jettai sur mon lit. De doux songes voltigeaient autour de moi; mon aimable Mikélie m'apparut plusieurs fois telle que je l'avais si souvent admirée, et l'énergie de mon amour pur et chaste me fut rendue. Heureux que je fus alors ! L'homme séduit ne succomba pas à la séduction.

# CHAPITRE V.

## *Courage et fidélité.*

Si tu te réjouis de la mort de ton compagnon, un autre se réjouira de la tienne. Pauvres créatures que nous sommes! la mort ici-bas nous tient tous réunis et tremblans sous sa domination absolue.

Telle qu'un torrent impétueux, l'armée poussa plus avant dans le pays, s'empara de Jaffa, gagna la bataille près de Korsum, se rendit maîtresse des rivages de la mer, à la vue de la flotille anglaise, et fit battre en retraite Djezar bassa, commandant de l'armée Turque, lequel tentait une attaque sur Kaïffa et étendait ses troupes jusque vers Nazareth.

Les vainqueurs s'avancèrent contre Saint-Jean d'Acre et commencèrent le siége de cette forteresse. Cependant les Mameluks d'Ibrahim bey qui s'était enfui de l'Egypte, les Janissaires de

Damas et beaucoup d'autres, tels que les Arabes et les Naplousains, se rassemblaient en grand nombre et voulaient passer le Jourdain pour attaquer l'armée française qui faisait le siége de Saint-Jean d'Acre, dans le même moment où Djezar ferait une sortie de la forteresse, que les Anglais protégeraient du feu de leurs vaisseaux.

Les généraux Junot et Kléber reçurent l'ordre de marcher contre eux, et ils les taillèrent en pièces dans les combats qui furent livrés près de Lubi et de Sed-Jerra. Malgré la défaite de ces hordes de combattants, le nombre paraissait en augmenter tous les jours, et le Général en chef se vit lui-même contraint à marcher en personne contre eux, et à les repousser au delà du Jourdain. Il gagna la bataille non loin du mont *Thabor*, si célèbre dans l'Ecriture, et l'armée qui formait le siége devant Acre fut assurée sur ses derrières. Déjà les assiégés étaient serrés de près, mais le grand nombre d'ennemis et de leurs alliés ( les Anglais ) s'opposa au succès qu'on était en droit d'attendre. Chaque pied de terrain devait être acheté par par une grande effusion de sang, et

les suites de ces demi-triomphes ne
paraissaient pas devoir être très heureuses.

Je passe sous silence l'histoire de ce
siége mémorable, et je reviens à la
mienne. Un jour, je me trouvais au
milieu d'un massif de peupliers, à quelque distance du camp français; là,
véritablement charmé de la beauté du
site, je dessinais les lieux qui s'offraient
à mon œil enchanté. Tout à coup je me
vis entouré d'un gros de Turcs, à la tête
desquels était un homme âgé et de
bonne mine, qui m'ordonna de le suivre. Dans le premier mouvement, je
tirai mon sabre, et je fis mine de vouloir me défendre; mais au même instant, vingt cimeterres furent levés sur
ma tête, et tous observaient, pour
ainsi dire, le moindre de mes mouvements. On conçoit aisément que je
cédai, malgré moi, à la supériorité du
nombre et des forces. Je me laissai
monter sur un cheval, et je suivis à
contre-cœur toute la troupe qui, après
s'être enfoncée dans un bois voisin,
poursuivit lentement sa route, sans me
donner aucun éclaircissement.

Après une heure de chemin environ, j'arrivai avec mon escorte sur des montagnes; ensuite je descendis dans une vallée profonde où était situé un beau château que l'on avait, je crois, pris à tâche de dérober à l'œil des curieux. On m'y fit entrer, et, sans me dire mot, on me jetta dans une prison obscure. où je fus abandonné à mes propres réflexions qui n'étaient rien moins que consolantes.

Selon toutes les apparences, je n'avais rien d'heureux à espérer. En effet quel bien, quel traitement favorable pouvais-je me promettre de ces barbares qui s'étaient emparés de moi d'une manière aussi incivile ? Cependant je ne désespérais de rien , et même, de ce qu'ils ne m'avaient pas mis à mort tout de suite, j'osai tirer quelques heureuses conséquences en faveur de mon salut. Mes espérances, d'ailleurs, étaient si faibles, que , si elles m'avaient tant soit peu abandonné, je n'aurais plus eu qu'à invoquer le trépas. Je ne fus pas trompé dans mon attente. Après une heure de captivité, on vint me tirer de ma prison, et l'on me présenta à un vieillard qui était le maître du château ( c'était précisément l'homme qui m'avait fait prisonnier.) Je fus conduit dans une vaste salle qui offrait encore de beaux restes, et dont les peintures allégoriques attestaient que ce château avait appartenu autrefois à un de ces Chevaliers qui avaient délivré la Terre-Sainte des mains des Sarrasins. Le vieillard dont j'ai parlé plus haut, était assis sur une espèce de trône élevé ; il m'ordonna de rester debout à quelque distance de lui, et de répondre avec précision à toutes les interrogations qu'il allait me faire. Je demeurai debout devant lui, attendant en silence la première question à laquelle je devais répondre.

*Le vieillard* : Français, Allah t'a mis en ma puissance. Tu es mon prisonnier, mais tu vas recouvrer ta liberté sur le champ, si tu m'obéis en toute chose.

*Moi* : Parlez, respectable vieillard, je suis prêt à vous obéir en tout ce que je pourrai.

*Le vieillard* : Ton salut dépend de toi, ton sort est entre tes mains. Parle, et dis moi quelle est la force de l'armée française.

*Moi* : Me prenez-vous donc pour un traître ?

*Le*

*Le vieillard* : Je t'ai constitué mon prisonnier. Si tu ne me satisfais pas au plutôt, je dispose à l'instant de tes jours. Français, réponds à ma première interrogation.

*Moi* : Seigneur, à de pareilles questions je n'ai point de réponse à faire. Oubliez cette première demande que vous m'avez faite, et ne m'interrogez pas davantage.

*Le vieillard* : Mille supplices vont se préparer pour toi. Les tourments les plus horribles te forceront à respecter mes volontés et à remplir mes ordres absolus.

*Moi* : Tu es maître de ma vie, mais non pas de mon honneur. Je garderai le silence.

*Le vieillard* : Esclaves, emparez-vous du misérable ; accablez le de coups de fouet, jusqu'à ce que la mort vienne le délivrer des tourments que vous lui ferez endurer.

*Moi* : Dieu puissant, prends pitié de moi !

*Le vieillard* : Quelle est ta folie ! tu appèles un Dieu à ton secours, et tu ne songes pas que toi et ta nation ne méritez pas l'assitance du Dieu que tu

E

invoques ! Réponds, misérable : qu'a-vions-nous fait à ton peuple, pour qu'il vînt ravager nos champs, détruire nos habitations paisibles....

*Moi* : Indiscret vieillard, dispute avec le Destin, mais non pas avec les instruments qu'il emploie.

*Le vieillard* : Qui vous a enjoint de nous inoculer vos principes ? qui vous a donné le droit de les proclamer avec l'épée ?

*Moi* : Décide de mon sort, je n'aime point à disputer inutilement.... La liberté ou la mort ! je suis résolu à tout ce qu'il te plaira d'ordonner.

*Le vieillard* : Réfléchis, tu es jeune encore ; peut-être as-tu dans ta patrie quelques parents, une mère qui gémit sur ton absence, des amis qui te con-servent une place dans leur cœur, une femme adorée que ton éloigne-ment met au désespoir... Ah ! comme ils pleureront ! Comme leur cœur sera déchiré, quand ils apprendront.....

*Moi* : Achève ton tableau, jouis de ma douleur amère. Oh ! qu'il est cruel de m'attaquer, comme tu le fais, par le côté le plus sensible ! Assassine moi, mais ne m'afflige point.

*Le vieillard* : Quoi donc ! ne dépend-il pas de toi d'obtenir un meilleur sort ?

*Moi* : Etranglé ou pendu… belle alternative !

*Le vieillard* : J'ai porté la modération aussi loin que je pouvais le faire. Jeune insensé, tu abuses de ma patience, tu veux la mort… Eh bien ! tu mourras !

*Moi* : Que mon sort soit accompli.

*Le vieillard* : Gardes, tranchez lui la tête.

A ces mots une frayeur mortelle s'empara de moi, le sang s'arrêta dans mes veines, je tombai par terre sans connaissance.

Lorsque je repris mes sens, je me retrouvai dans mon ancienne prison, mais chargé d'énormes chaînes. Une cruche d'eau et un morceau de pain noir étaient à mes pieds. Autour de moi régnait un silence effrayant, qui n'était interrompu que par le cri plaintif de quelques oiseaux de nuit. Mon existence me parut miraculeuse, je la concevais à peine. Les portes de la mort étaient ouvertes devant moi, je voyais l'abîme sous mes pas, et cependant…

j'osais espérer ! Il est donc bien vrai que l'espérance est la dernière chose qui meurt dans l'homme ! Le désir le plus insensé, le plus ridicule, existe dans une certaine réalité possible.

J'étais plongé dans une léthargie profonde, et la nuit couvrait déjà la terre de ses sombres voiles. Ma prison était devenue plus obscure. Je me jettai sur la terre toute humide, et je tentai de confier au sommeil l'oubli de mes peines. Ce fut en vain, hélas ! Le sommeil fuit le malheureux, comme il fuit le criminel. Le chagrin tient le premier éveillé, le second l'est toujours par sa conscience. L'un et l'autre, en proie à leur délire, imaginent des tourments qui ne finiront jamais, pour celui-ci dans ce monde, et pour celui-là, dans l'autre. Tout à coup un bruit léger se fit entendre à la porte de mon cachot, je me levai ; le bruit redoubla, j'apportai toute mon attention.... je n'entendis plus rien, un frisson mortel circula dans tous mes membres. Je fis quelques efforts pour m'avancer vers la porte ; elle s'ouvrit aussitôt, et j'aperçus une espèce de fantôme, qui tenait une lampe dans sa main droite, et paraissait voltiger en s'approchant de moi. Peu à peu je reconnus une figure humaine à la lueur de la lampe que ce prétendu fantôme projettait tout autour de la voûte. « Qui es-tu, noble étranger, me dit-elle en tremblant? » Je me tus et je la considérai. Telle qu'une ombre légère, elle semblait planer au-dessus de ma tête. Ses pieds touchaient à péine le sol humide. Ses vêtements étaient agités comme par le souffle du zéphir. Il semblait qu'elle fût enveloppée d'un nuage, à travers lequel ses yeux noirs et pleins de feu brillaient comme des étoiles. Je poussai, malgré moi, un profond soupir; en effet je croyais voir devant mes yeux une des Houris du paradis de Mahomet, ou l'Ange exterminateur. La figure s'approchait de moi, et lorsqu'elle m'eut atteint, elle fit entendre une voix douce et harmonieuse, dont le son rivalisait celui qu'on tire d'une harpe.

*La voix* : Jeune étranger, ne crains rien; je t'apporte la liberté.

*Moi* : La liberté! sois le bien venu, messager de paix. ( En même temps je voulus me jetter à ses pieds, mais les chaînes dont on m'avait chargé, y mirent obstacle ).

*La voix :* Ton sort m'a touchée.... Ah ! je suis moi-même très malheureuse ! Les tourments et les peines de l'âme sont le lien le plus fort qui unisse les malheureux.

*Moi :* Qui es-tu, belle infortunée ?

*La voix :* Je suis la fille du maître de ce château, vieillard dur et acariâtre, père cruel et inexorable.

*Moi :* Hélas ! je sens bien tout le poids de ses rigueurs !

*La voix :* J'aime, dès mon enfance, un noble et beau chevalier. Il est l'idole de mon cœur, l'objet de toute ma tendresse. Mon père approuvait cette inclination, et nous étions heureux. Tout à coup ( il y a quelques heures ) il a changé de résolution, il veut que j'unisse mon sort à celui d'un compagnon de sa jeunesse, et c'est demain... demain que luit pour moi le triste jour d'une union que réprouvent à la fois le ciel et l'amour ! c'est demain que je dois être offerte en sacrifice !... Malheureuse que je suis !

*Moi :* Trop aimable fille, je plains ta destinée.

*La voix :* Puisque je te parais digne de compassion, je me flatte, généreux étranger, que ce ne sera pas en vain que j'aurai visité ta prison.

*Moi :* Que veux-tu?

*La voix :* Nous sauver tous deux.

*Moi :* Nous sauver ! comment donc?

*La voix :* Nous fuirons ensemble.

*Moi :* Fuir, ô ciel !

*La voix :* La fuite seule peut me soustraire à une union que je déteste, et à laquelle je préfère mille fois la mort. Si tu veux me suivre, je brise tes chaînes... j'ai gagné les gardes, tu vois entre mes mains les clefs de cette infâme prison, ta liberté est la récompense que j'attache à ma delivrance.... Mais quoi! tu ne réponds rien! la vie n'a-t-elle donc aucun attrait pour toi? les fleurs du printemps n'exhalent-elles plus leur parfum suave ? la nature n'offre-t-elle plus rien qui puisse charmer tes yeux? le flambeau de l'astre du jour est-il éteint ? la pâle clarté de la lune, sa douce lumière n'ont-elles plus de charmes pour ton cœur? aucun parent, aucun ami, aucune amante ne t'attache donc plus à ce monde? tous les chefs-d'œuvre de la création sont-ils donc anéantis pour toi?

*Moi :* Ah! non!

*La voix :* Tu hésites pourtant?

*Moi :* Fille adorable et malheureuse tout à la fois, je ne suis point un criminel, je suis un homme d'honneur, résolu à supporter son sort avec patience et résignation. Non, ce n'est point à la ruse, à la fourberie, que je devrai mon salut. Aux yeux de l'honnête homme, la mort n'est pas aussi affreuse que la lâcheté. Le mépris est plus déchirant pour lui que la destruction de tout son être... Comment! il faudrait que je t'arrachasse des bras d'un père qui met peut-être ton amour à l'épreuve, qui gémirait sur ta perte, qui verserait des larmes amères en m'accablant de sa malédiction! A la vérité, il est mon ennemi, il me traite comme un vil criminel; mais dois-je, pour cela, me comporter envers lui d'une manière basse et indigne de moi? dois-je livrer son cœur aux angoisses les plus terribles, et le faire périr lui-même d'une mort lente, parce que sa fille, malade d'amour, veut courir après l'objet de ses affections?.... Accorde moi la liberté seulement, et je conserverai toujours le souvenir d'un aussi grand bienfait. L'homme peut bien tenter les moyens de recouvrer sa liberté, mais il est affreux de ne l'obtenir qu'en tourmentant le cœur d'un père.

*La voix* : Tes froides réflexions te rendent digne de la mort.

*Moi* : Je suis tout résigné.

*La voix* : Tu ne veux donc pas fuir avec moi la domination d'un maître absolu, d'un tyran qui a juré notre perte ?

*Moi* : Je ne le puis.

*La voix* : Eh bien ! meurs, et périssent avec toi tes hautes vertus si mal placées !

*Moi* : Il n'y a pas de rose sans épine.

*La voix* : Il n'y a pas de fou sans folie.

*Moi* : Ta présence soudaine m'avait fait espérer un ange tutélaire.

*La voix* : Ne vois plus en moi qu'une furie armée pour le supplice de tes jours. Adieu.

A ces mots, elle s'éloigna rapidement, et, dans l'amertume de mon cœur, je me félicitai de la résistance courageuse que je lui avais opposée.

Quand on est dans le malheur, jetté

au fond d'un noir cachot, la philosophie et la vertu ont une tout autre empreinte ; leur sphère est circonscrite, et, par là même, leur énergie acquiert plus d'activité. L'homme juste ne désespère jamais, lors même qu'il est abandonné des siens, de tout ce qu'il a de plus cher au monde ; il place tout son espoir dans la Providence ; isolé sur la terre, il se montre déjà comme un habitant du séjour céleste, c'est à dire soumis, repentant, et digne d'une meilleure vie. Le clinquant et les faux plaisirs de ce monde cèdent à l'éclat de la béatitude éternelle, et le cœur attendri et préparé meurt dans le sein de la résignation.

# CHAPITRE VI.

## *La surprise.*

Veux-tu naviguer paisiblement sur cette mer orageuse, et arriver plein de joie au port ? ne te laisse pas dominer par l'orgueil, si les vents te sont favorables. Si la tempête te surprend et te menace, garde-toi bien de perdre courage ; qu'une vertu mâle soit ton aviron , et que l'espérance soit ton ancre. L'une et l'autre, se prêtant un secours mutuel , nous conduisent au port à travers mille dangers.

***

Le jour commençait de poindre, et , pénétrant à travers la grille de ma prison , répandait la clarté dans ce triste séjour et l'espérance dans mon cœur. Les images effrayantes de la nuit avaient prodigieusement attristé mon imagination , et le flambeau du jour versait goutte à goutte le courage dans la coupe de l'abattement.

Mes tristes pensées se reportaient péniblement sur la scène douloureuse de la veille, lorsque j'entendis des pas fortement prononcés qui m'annon-cèrent l'approche de quelque mortel. Aussitôt la porte du cachot s'ouvrit avec fracas, et je vis entrer le maître du château. Il s'avança vers moi à pas lents ; et, les bras croisés, il resta debout devant moi sans me parler. Son œil parcourut long-temps toute ma personne, mais son visage expri-mait le contentement et la sérénité de son âme. Tout d'un coup il me prit dans ses bras et me pressa contre son cœur. A l'instant mes chaînes furent brisées, et l'on me conduisit dans l'ap-partement du respectable vieillard. Je ne pouvais revenir de mon étonnement, et ma joie surpassait encore mon ad-miration. On me servit les mets les plus délicats ; je n'avais mangé, dé-puis mon emprisonnement, qu'un pain trempé de mes pleurs, je dévorai tout ce qu'on apportait sur la table ; le vieillard ne pouvait se lasser de voir ma surprise et ma voracité. « Jeune-homme, me dit-il enfin avec un air de satisfaction, tu as noblement sou-tenu l'épreuve. »

*Moi :* Bon Dieu ! eh ! par qui donc
ai-je

ai-je été mis à l'épreuve ?.... pour quelle raison aussi a-t-on voulu m'éprouver ?

*Le vieillard :* Je ne suis que l'instrument d'un être qui ne désire rien autant que ta félicité; mais il ne pouvait et ne voulait te rendre heureux, qu'après s'être assuré de ta vertu.

*Moi :* Ainsi ma captivité....

*Le vieillard :* Etait tout à la fois concertée et favorisée par les circonstances.

*Moi :* Où suis-je ?

*Le vieillard :* Dans les bras d'un ami.

*Moi :* A quel dessein ?

*Le vieillard :* On répondra au Caire à ta question.

*Moi :* Qui donc ?

*Le vieillard :* Oromade.

*Moi :* Est-il possible ?

*Le vieillard :* Rien de plus vrai...... Ton *pour parler* avec Lesbie....

*Moi :* Comment ! tu sçais...

*Le vieillard :* Je sçais tout... Ton aventure dans mon château a été mise en ligne de compte ; tu as soutenu la gageure à merveille, et tu n'as, certes, qu'à t'en féliciter. La recompense dont tu es digne, sera belle et satisfaisante.

F

*Moi :* Où dois-je la recevoir ?

*Le vieillard :* Dans un pays inconnu.

*Moi :* Tout cela est fort énigmatique.

*Le vieillard :* Tout cela doit s'éclaircir au Caire.

*Moi :* Ainsi, ta fille....

*Le vieillard :* Est une enfant qui m'est soumise et fort attachée....

Justement la voici qui vient !... Ne rougis point, ma chère *Almaïde*, retire ton voile ; ce noble chevalier est mon ami. La jeune Almaïde obéit à son père ; mais, quand elle eut écarté son voile, la clarté du jour la fit rougir. Cette jeune fille était, à la vérité, belle et remplie de graces ; mais sa figure avait une empreinte de fadeur qui ne me convenait pas. L'air de la prison avait, pour ainsi dire, agrandi mon âme, exalté mon cœur, et je n'aspirais plus qu'au grand idéal. Nous nous assîmes ; le vieillard sortit et nous laissa seuls, sa fille et moi. Je fus d'abord embarassé, la vision nocturne me revenait à l'esprit, j'avais devant les yeux le *spectre* dont la présence inattendue et sur-tout la sortie violente m'avaient causé tant d'effroi.

Almaïde semblait attendre que je commençasse. Je ne demandais pas mieux; mais par où commencer? « Ange de paix, lui dis-je, nous voilà libres ». Elle se mit à rire; puis j'ajoutai : et notre conscience est en repos. Cela fait un bien!... « qu'on ne voudrait pas, reprit Almaïde, échanger contre tous les trésors du monde. » Nous continuâmes à discourir tantôt sur une chose, tantôt sur une autre. Durant le cours de notre entretien, Almaïde montrait beaucoup de connaissances, un jugement très sain et un esprit dès long-temps cultivé. La conversation tomba sur les femmes. « Par Mahomet! dit-elle, combien sont heureuses les femmes d'Occident ! elles dominent entièrement sur le cœur de l'homme, elles partagent sa joie et adoucissent la peine qu'il ressent. Une seule possède son cœur, une seule est aimée.

*Moi* : Cela devrait être ainsi que tu le dis. Mais, hélas....!

*Elle*: Comment! un *mais*!.... N'est-ce donc point ainsi que, parmi vous, les femmes sont aimées des hommes? Je croyais....

*Moi* : Ce que tu croyais, belle Almaïde, existe rarement chez nous. Je te ferai un tableau fidèle des hommes et des femmes de l'Europe, puis tu conviendras que tu l'estimerais plus heureuse, de devenir la reine d'un Harem, que d'être l'épouse d'un Européen. A la vérité, pour l'honneur de l'espèce humaine, il y a quelques exceptions dans tous les états ; mais, comme je te l'ai dit, elles sont fort rares.

*Elle :* Je devine ton intention. Tu veux faire un compliment aux filles et aux femmes que possède l'orient, et, pour cela, tu traites avec rigueur celles de l'occident.

*Moi :* Point du tout. La vérité accompagnera mes paroles. Je ne veux rien outrer, mais aussi je ne ménagerai pas.

*Elle :* Parle ; je suis avide d'instruction.

*Moi :* Quand les fleurs de la beauté se développent chez une fille Européenne, quand ses talents, ses graces attirent sur elle les regards et l'admiration du sexe masculin, cent jeunes étourdis forment autour d'elle un essaim d'adorateurs. Chacun la regarde comme une proie assurée , chacun désire de l'avoir pour épouse et pour compagne.

*Elle* : Son destin alors est digne d'envie.

*Moi* : Sans doute il le serait, si la flamme de ses amants était pure ; mais elle a sa source dans le désir de la jouissance , elle n'est alimentée que par un caprice passager , et non par un amour fondé sur une véritable estime.

*Elle* : Cela est affreux.

*Moi* : Ils se jouent de la malheureuse fille , ils lui font avaler un poison lent dans un vase bordé de miel , ils vont au devant de toutes ses fantaisies , ils flattent et entretiennent sa vanité par les louanges ridicules qu'ils lui prodiguent , en sorte que le sentier qu'elle croit suivre sur des roses la mène , sans qu'elle s'en doute , à un précipice horrible.

*Elle* : Je le conçois , tes hommes de l'occident méritent toute ma haine.

*Moi* : Ces sentiments prouvent que ton cœur est pur comme le crystal. Il n'y a pas de peste qui fasse plus de ravages que la coquetterie. L'exemple porte la contagion , il faut donc s'en garantir comme de la fièvre. Chez nous, l'argent et les convenances forment la plûpart des mariages , et l'amour n'y entre que comme une folie. On s'est juré amour et fidélité , mais on n'est fidèle et amoureux que le peu d'instants que dure cette folie, c'est à dire qu'autant que cela plaît ; et le reproche qu'on est en droit de faire à cet égard aux Européens s'adresse et convient particulièrement aux hommes. L'époux franchit les bornes de l'honneur et de la bienséance ; tyran de sa femme plutôt que son ami, il retourne aux égaremens de sa jeunesse, il se livre à d'anciens écarts qui compromettent sa santé et la fortune de ses enfants. Sa tendre épouse, qui est informée de cette conduite odieuse, lui en fait des reproches pleins de douceur, elle redouble d'amour et de soins, mais ses soins et son amour sont superflus. (L'amour chaste d'une épouse est méprisable aux yeux d'un époux débauché). Celui-ci maltraite sa compagne tendrement inquiète, il se rit de ses prières, et n'oppose que l'outrage et la dureté à ses menaces légitimes. Elle gémit, elle pleure, et pourtant

ses pleurs et ses gémissements ne sçau-
raient ébranler le cœur de cet homme
injuste et criminel.

*Elle :* Oh! la malheureuse. . . ! Mets
fin à tes récits; ils me gênent la res-
piration.

*Moi :* Quand au contraire deux cœurs
se rencontrent animés des mêmes sentiments, quand ils ont contracté un
engagement saint et légitime, et que,
sans écouter la voix de l'intérêt ou celle
des convenances, ils se sont donné
amour pour amour; quand, satisfaits
de leur sort, ils bénissent soir et matin
la Providence qui a permis leur union,
source de félicité; quand, éloignés des
vaines prétentions d'un monde frivole,
ils cueillent paisiblement et avec soin
les fleurs qui doivent former la couronne de leur vie, sans se mettre en
peine si elles sont brillantes ou chargées
de parfums, quel genre de bonheur,
quelle espèce de joie peut encore leur
manquer sur la terre?

*Elle :* Ce tableau plus séduisant que
le premier a répandu dans mon âme
un baume salutaire. Continue, je te
prie.

*Moi :* Telles devraient être toujours

les unions des deux sèxes, mais, hélas! il en est bien autrement!... Charmante Almaïde, eh bien! réponds moi, voudrais-tu maintenant risquer le bonheur dont tu parais digne, en devenant l'épouse d'un habitant de l'Occident? L'apparence trompe quelquefois, et tout ce qui luit n'est point or. C'est un art infernal, et malheureusement trop commun parmi les occidentaux, que celui de feindre le contentement et le plaisir, quand leurs cœurs sont en proie à mille tourments, et qu'ils sont dévorés par les cruelles angoisses du repentir....

J'allais continuer ma digression, quand le père d'Almaïde rentra dans l'appartement et interrompit bien mal à propos notre conversation. « Je vous ai donné le temps de vous entretenir, dit-il.... et sans doute vous l'avez bien employé, ajouta-t-il en souriant? Nous lui répondîmes qu'oui.... « Eh bien! faites vous vos adieux. Saint-Alme va retourner au camp.... peut-être vous reverrez-vous bientôt. » Le vieillard s'avança vers la fenêtre; je profitai de cette belle occasion pour appliquer un doux baiser sur les lèvres de la jeune et craintive Almaïde; elle tourna la tête vers la croisée pour s'assurer si son père l'avait apperçue, et ses lèvres de corail prirent, ainsi que ses joues, une teinte de pourpre encore plus foncée. Je l'embrassai une seconde fois, elle me pressa doucement la main, une larme coula de ses yeux, et elle eut de la peine à étouffer un profond soupir qui s'échappa de sa poitrine. Son père revint vers nous, et m'ayant embrassé cordialement, il me souhaita un heureux retour au camp français. Accompagné de deux de ses esclaves, j'y arrivai le soir.

# CHAPITRE VII.

## *Retraite en Égypte.*

L'HOMME ressemble à une fleur qui se tourne involontairement vers le soleil, pour ressentir les heureux effets de sa chaleur vivifiante.

On s'était apperçu de mon absence dans le camp, mais j'eus soin de prétexter des affaires pour la rendre légitime et pour ne pas être importuné par les curieux. Cependant le siége de Saint-Jean d'Acre n'avait pas tout le succès qu'on pouvait en attendre. Dans un assaut général qui fut livré, nous eûmes la douleur de perdre une grande partie de notre armée, au point que le Général en chef jugea à propos de lever le siége. La saison des maladies était arrivée en Syrie. Beaucoup d'hommes de notre côté, mais plus encore du côté de l'ennemi, durent leur mort plûtôt à la peur qu'ils eurent de la peste, qu'à cette maladie elle-même.

Le premier Médecin de l'armée, le sçavant Desgenettes, se distingua d'une manière toute particulière ; il fut l'ange gardien, le génie tutélaire de plusieurs milliers d'hommes. Le courage et la fermeté qu'il déploya dans ces malheureuses circonstances sont au dessus de toute expression. Il allait lui-même dans les principaux hôpitaux, il visitait soigneusement les malades les uns après les autres, il touchait tous les bubons et les pustules, il les pansait et faisait voir que c'était, non pas la peste, mais une fièvre maligne, qu'on guérissait facilement par des moyens convenables, et sur-tout par la tranquillité d'esprit de la part des malades. Affrontant les dangers les plus grands, exposé mille fois à une mort presque certaine, il poussa sa généreuse audace jusqu'à se faire deux ouvertures, et à s'inoculer le pus du bubon sur la poitrine et sur la cuisse.... cependant il ne gagna point la maladie ! Son premier principe de guérison était de rassurer les malades, de les consoler, de les tranquilliser sur leur situation, et c'est à ses soins préservatifs, à sa fermeté au dessus de tout éloge, que beaucoup d'hommes doivent la conservation de leur vie. Salut et gloire à cet homme généreux! la conscience du bien qu'il a fait, sera toujours pour lui la plus douce récompense de ses peines et de ses travaux.

De nouveaux dangers menaçaient l'Egypte elle-même, et il paraissait prudent d'y retourner; l'armée française opéra donc sa retraite. Lorsqu'on leva le siége d'Acre, il y avait une foule de blessés, et les moyens de transport nous manquaient. *Bonaparte*, qui était sur le point de partir avec son quartier-général, fut vivement touché de cette circonstance affligeante, c'est pourquoi il descendit de cheval. Tous ceux qui entouraient cet illustre et brave guerrier suivirent son exemple, et les chevaux furent employés au transport des malades. Le Général fit à pied une marche de trois jours sur un sable brûlant. Trait mille fois glorieux, et qui décèle tout à la fois l'homme et le héros !

Après beaucoup de fatigues et d'obstacles, l'armée revint près d'El-Arisch

le

le 2 Juin 1799. Elle avait pendant trois mois entretenu la guerre dans l'intérieur de la Syrie avec une poignée d'hommes.

Lorsque nous revînmes en Egypte, il s'en fallait de beaucoup que le pays fût tranquille. Plusieurs districts étaient en insurrection , et l'armée arrivait à propos pour appaiser le trouble et calmer le désordre. La paix et la tranquillité furent bientôt rétablies. On défit alors en très peu de temps et de la manière la plus complette l'armée que les Turcs avaient debarquée près d'Aboukir.

Quand l'ordre et la sûreté eurent pris la place du trouble et de la désorganisation, je retournai au Caire; j'achevai les plans que j'avais commencés, et je me livrai tout entier à la pratique de mon art. Chaque jour j'attendais avec impatience l'apparition d'Oromade que j'avais soustrait à la mort, je désirais les éclaircissements qui m'avaient été promis, et je me préparais à de nouvelles merveilles. Les aventures en Syrie, où j'avais joué un si grand rôle, me revenaient souvent à l'esprit, et charmaient mon imagi-

G

nation exaltée. Ma personne était pour moi d'une assez grande importance, quoique j'en ignorasse la raison, mais je me considérais comme un talisman dont un bienfaisant Magicien devait détruire l'enchantement. On me portait facilement ombrage, et le bruit d'une feuille était seul capable de m'effrayer. La vie avait pour moi plus de charmes qu'auparavant, j'attachais à ma faible existence un plus grand prix que jamais, et le désir dont j'étais tourmenté de posséder un objet inconnu, cédait à l'effervescence de l'amour même. L'image adorée de Mikélie, celles d'Almaïde et de la folâtre Lesbie voltigeaient autour de moi, comme ces ombres que Virgile nous peint errantes dans le séjour de l'Elysée. Mes espérances et mes vœux semblaient ne se fixer sur aucun de ces objets si riants et si aimables, je sentais néanmoins mon cœur battre avec plus de force, et mon imagination toujours active et féconde se créait des images enchanteresses qui ne pouvaient exister hors de moi.

J'étais un jour occupé à dessiner une des pyramides d'Egypte, quand un homme entra tout à coup dans mon appartement : c'était Oromade. Surpris et satisfait de le revoir, je volai au devant de lui. Il m'embrassa et parut aussi joyeux que moi de m'avoir retrouvé. Plein de contentement, il restait debout devant moi, et me considérait avec une attention particulière. « Oui, s'écria-t-il avec l'accent de la joie la plus vive, oui, tu es digne de jouir du bonheur que je te prépare ! Tu as soutenu noblement les épreuves auxquelles mes amis et moi avons voulu te soumettre. » « Oh ! je t'en supplie, répliquai-je en l'interrompant, cesse de t'envelopper d'un mystère qui me trouble et m'importune. Tes paroles ne sont pour moi que des énigmes, et il y aurait de ta part de l'inhumanité à me tourmenter plus long-temps. »

*Oromade* : Mes amis ont dirigé leurs dards contre toi, et tu ne leur as opposé vigoureusement que ta poitrine. Tu as prouvé, jeune-homme, qu'on peut placer en toi toute sa confiance, et qu'on doit tout attendre de tes vertus.

*Moi* : Épargne moi ces compliments ; ils blessent la délicatesse de l'homme, et mettent ses devoirs au rabais.

*Oromade* : Veux-tu me suivre ? Si tu y consens, comme je le désire, je te conduirai dans un paradis terrestre où t'attend la récompense la plus belle et la plus flatteuse qu'on puisse jamais obtenir.

*Moi* : Peux-tu douter que je consente à te suivre dans un paradis ? Eh ! quel est le mortel assez fou, pour ne pas désirer de trouver sur la terre un nouvel Eden ?

*Oromade* : Eh bien ! je veux t'y conduire. Mais il faut auparavant que tu me jures, sur ton honneur, de garder le silence, au cas qu'on l'exige de toi.

*Moi* : Je me conduirai en homme, c'est tout ce que je puis promettre. Ces paroles ne renferment-elles pas tout ce que l'honneur commande ? et te faut-il encore quelque chose de plus ?

*Oromade* : Si j'avais le moindre doute, tu me verrais te fuir en emportant mon secret...... Demain, au lever de l'aurore matinale, je viendrai te chercher sans escorte, et tandis que la nature entière sortira de son réveil....

*Moi* : Nous irons....

*Oromade* : Demain tu le sçauras. Je ne veux ni ne dois te faire connaître

par avance où nous conduira la route
silencieuse que nous devons suivre. La
surprise que je te prépare, est douce,
et j'espère qu'elle te comblera de joie...
A demain !

Oromade me quitta, et mon imagination se mettait à la torture pour deviner, s'il était possible, ses paroles
interrompues et cruellement laconiques.
Son paradis, le bonheur qui m'y était
réservé, le silence qu'il exigeait de
moi, tout conspirait à me tourmenter
de la manière la plus affreuse. Je fis
d'inutiles efforts pour interpréter de
mon mieux le sens de ses paroles énig-
matiques, j'errais de conjectures en
conjectures, et je ne pus réussir à trouver la vérité que je cherchais. Mon
sang, je l'avouerai, bouillonnait dans
mes veines, et je n'avais ni repos ni
tranquillité. J'attendis le lever de
l'aurore avec une impatience qui ne
peut être bien sentie que par l'homme
éperdûment amoureux, qui soupire depuis plusieurs mois après la possession
de celle qui a sçu fixer ses désirs et
son choix. — Il est une herbe qu'on
appelle *patience*; non, je ne connais
sur la terre aucune plante qui soit plus

précieuse. Elle est peu remarquable en
apparence, elle mérite peu de fixer les
regards; mais celui qui en est le possesseur a pourtant chez lui un trésor.
C'est un diamant qui n'a pas de prix! *

* *Cette idée est simple et originale, nous avons
cru devoir la conserver dans la traduction.*

---

# CHAPITRE VIII.

## *Voyage vers l'Ile fortunée.*

Sans l'Amour, tout n'est que ténèbres dans ce monde, le tissu de nos jours n'est qu'un drap mortuaire sur un tombeau. Mais au contraire, chaque fil que l'Amour trame, donne de l'éclat et de la transparence à ce tissu, il est le drap nuptial de la nature créatrice.

---

Les premiers rayons du soleil s'élançaient à peine des nuages de la nuit, qu'Oromade et moi, hors des murs du Caire, montés sur des chevaux arabes, hâtions notre course précipitée vers les pyramides de Dsise; mais la direction de notre chemin était plus méridionale vers les déserts de la Lybie. Déjà la lune nous avait éclairés dix-huit fois, avant que nous fussions arrivés au lieu de notre destination. Mon guide connaissait parfaitement toutes les

sources dont nous pouvions profiter
sur la route, pour nous rafraîchir de
temps en temps. Quand la faim nous
tourmentait, nous descendions chez
des Arabes hospitaliers qui nous traitaient de bien bon cœur, et nous four-
nissaient même d'amples provisions de
bouche pour quelques présents qu'ils
recevaient de nous.

La veille de notre arrivée dans le
pays qui m'était encore inconnu, nous
couchâmes dans une caverne profonde,
laquelle était pratiquée dans des montagnes dépouillées d'arbres et défen-
dues par une garde nombreuse d'hommes robustes qui fixèrent mon attention par leur bonne tenue et par leur
honnêteté. A peine eurent-ils aperçu
mon compagnon et mon guide, qu'ils
s'avancèrent respectueusement à sa ren-
contre. Ils le descendirent de cheval,
et lui prodiguèrent les expressions les
plus affectueuses. Quant à moi, ils m'ac-
cueillirent également avec amitié et
distinction. Le désir qu'ils avaient de
nous mieux recevoir, de nous traiter plus libéralement, brillait dans
leurs grands yeux où se peignaient la

eandeur de leur âme et la bonté de leur caractère. On nous conduisit dans un vaste souterrain que l'art avait rendu habitable, et qui ne manquait ni de commodité ni d'élégance. On nous donna un repas frugal qui nous rendit la vigueur; une eau de source fraîche et pure nous rafraîchit la gorge qui était brûlée par la chaleur.

Aussitôt que je fus arrivé dans la caverne, je remarquai que mon Conducteur et les étrangers qui nous reçurent, parlaient un langage qui m'était absolûment inconnu, et qui différait beaucoup de l'idiôme des différents peuples de l'Afrique. Nos aimables hôtes avaient une taille svelte et bien prise; leur visage était plein d'expression et d'aménité, il était un peu brun, mais d'une beauté mâle et régulière. Leur habillement simple et léger était d'une forme avantageuse à leur taille, il aidait singulièrement à relever la noblesse de leur maintien. La pantomime qui accompagnait leurs expressions métaphoriques, était fortement prononcée et très significative; elle n'avait rien d'outré, rien de ridicule;

au contraire, elle était agréable et en parfaite harmonie avec les mouvements et les diverses attitudes de leurs corps. Ils sçavaient donner à leurs paroles une force, une autorité même qui ajoutait à l'agrément de leur voix et convenait particulièrement au jeu de leur pantomime.

Comme j'étais fatigué et affaibli par la route, je me jettai de bonne heure sur un lit composé de nattes pliantes, très proprement et très artistement travaillées. Tout ce que j'avais vu et entendu jusqu'à ce jour, portait mon enthousiasme au plus haut dégré, et il n'est pas étonnant que, pendant un sommeil qui fut de plusieurs heures consécutives, mon imagination exaltée m'environna des images les plus ravissantes et les plus pittoresques. Je me réveillai au point du jour, et je trouvai mon compagnon déjà disposé à partir. Nous déjeunâmes avec des fruits pleins de saveur, fraîchement cueillis, et nous continuâmes notre route.

Nous entrâmes dans un défilé, à travers des montagnes qui portaient jusqu'aux nues leur cîme orgueilleuse et

qui formaient des cataractes effrayantes.
La terre était dépouillée de verdure;
on ne rencontrait que rarement un
arbre, un buisson ou quelques plantes
sauvages dont l'espèce était inconnue
en Europe. De temps en temps, nous
apercevions des sources d'eau qui jail-
lissaient du creux des montagnes les
plus escarpées, mais le cours de ces
ondes écumantes était bientôt interrompu par l'amas de sable brûlant
qui couvrait le chemin. Les environs
de ce défilé étaient aussi déserts que
sauvages. Aucun être vivant n'y avait
laissé l'empreinte de ses pas, les oiseaux
et les bêtes semblaient fuir ces lieux
pleins d'effroi, et la Nature y était,
pour ainsi dire, anéantie. Les rayons
du soleil inondaient le pays d'alentour
d'une mer de flammes ( spectacle magnifique et imposant ! ) et le sable,
qui volait au gré des zéphirs, formait
des ondulations tout-à-fait semblables
à un léger brouillard dont la transparence laisse entrevoir les feux écla-
tants de l'astre du jour.

Nous étions insensiblement parvenus
jusqu'à un plateau de montagne, fort

élevé, quand mon guide m'intima l'ordre de m'arrêter. Il me cria de descendre de cheval, lui-même en fit autant; il attacha nos chevaux à une grosse pierre, me banda fortement les yeux et m'enjoignit de marcher dans cet état. Un aussi triste appareil était loin de me rassurer sur les suites que je paraissais devoir craindre. Bientôt après, l'étoffe qui m'empêchait de voir, tomba de devant mes yeux. Je poussai un cri violent, dans le transport où me jettait l'admiration de tout ce qui s'offrait à mes regards avides.

A mes pieds était une nouvelle *Tempé* d'une étendue considérable, et couronnée des plus hautes montagnes. Devant moi, comme un tapis vert, s'offrait une vallée charmante, entre-coupée de mille ruisseaux, émaillée de fleurs récemment écloses et couverte d'un gazon qui répandait au loin une fraîcheur chargée d'ambroisie. Ce beau coup-d'œil me fit le plus grand bien, après un voyage aussi long et aussi pénible. Je me sentais comme rendu de nouveau à la vie. Transporté de joie et d'admiration, j'étendais mes bras vers

ce

te paradis terrestre, comme si j'avais craint qu'il ne m'échappât. Oromade était ravi de ce que j'oubliais aussi facilement les fatigues de la route; il contemplait avec bonté ma situation théâtrale. « Nous touchons bientôt le but tant désiré, me dit il; prends courage, et entre gaîment dans le sentier qui te conduira vers une société d'hommes honnêtes, pleins d'une bonté sans exemple. »

A ces mots, il détache son coursier, me fait signe d'en faire autant, et tous deux nous entrons dans le sentier étroit qui conduisait, en serpentant, au bas de la montagne. Je le suivais machinalement, et après quelques détours, j'arrivai, sans sçavoir par quel moyen ( tant j'étais absorbé dans mes réflexions! ) au pied de la montagne que nous laissions derrière nous.

Une superbe allée de platanes bordait le chemin qui s'offrait à nos regards. A droite et à gauche, on voyait de fertiles vignobles, des champs couverts d'épis, des prés riches de verdure, qui tous renfermaient dans leur enceinte respective, une jolie chaumière en-

H

vironnée d'arbres hospitaliers. Les
beautés champêtres des environs présentaient l'heureux mélange de l'utile
et de l'agréable; partout la nature ac-
cumulait des tableaux pittoresques,
partout elle prodiguait ses dons ineffables. De temps à autre, des vieillards
et des femmes, de jeunes garçons et
de jeunes filles venaient au devant de
nous; ils saluaient avec beaucoup d'a-
mitié mon compagnon de voyage, et
m'accueillaient moi-même d'un sourire
caressant. Ils s'empressaient de nous
offrir des fruits et du lait, et chacun
d'eux mettait tant de grace dans son
offre, tant de naturel et d'amabilité,
que le présent recevait un plus grand
prix, de la main de celui qui le faisait.
Nous nous reposions çà et là en nous
avançant, et tous ceux que nous ren-
contrions sur la route, nous accueillaient avec la cordialité la plus franche.
Bien que chacun fît des frais pour nous
recevoir de son mieux, je ne m'aperçus,
en aucune occasion, que mon guide
eût recours à l'argent pour reconnaître
les bontés ou les services de nos hôtes.
Un gracieux remercîment de notre

part était le faible salaire accordé à
leur généreuse hospitalité, et il me
parut qu'à cela seul se bornaient leurs
prétentions amicales.

Le soleil était sur le point de terminer
sa course, quand je découvris au milieu de la vallée une petite colline dont
le sommet était décoré d'un temple magnifique que l'astre du jour éclairait
de ses derniers rayons. Une belle harmonie de tons vint frapper mes oreilles;
je me croyais transporté tout à coup
dans un palais de Fée, et mon ravis-
sement croissait de minute en minute.
A mesure que nous nous approchions
du temple, la musique faisait entendre
plus distinctement ses accords mélo-
dieux, et sur la colline qui grossissait
à vue d'œil, on apercevait quelques
figures blanches. Un superbe escalier
de marbre me conduisit au sommet
élevé de cette colline; je me trouvai
alors en face du temple que j'avais vu
de loin. On n'entendait plus aucun son
d'instrument, j'étais environné d'un silence religieux.

Mon guide, sans proférer aucune
parole, me fit traverser une colonnade

de Sphinx, qui me conduisit dans l'intérieur du temple. Les portes s'ouvrirent
en roulant avec bruit sur leurs gonds
d'airain, et je demeurai en extase en
contemplant tout ce qui s'offrait à moi.
L'intérieur de cet édifice majestueux
était simple, mais orné pourtant avec
goût. Au milieu, s'élevait un autel des-
tiné aux sacrifices et entourré de douze
jeunes filles vêtues de blanc. Elles tenaient à la main des couronnes de
fleurs qu'elles présentaient en signe
d'offrande, et dont elles formaient un
arc de mille couleurs. Autour d'elles
se tenaient rangés un grand-nombre
d'hommes, tous revêtus de la même
manière, gardant un profond silence
et pénétrés d'un saint respect pour la
majesté du lieu. La musique se fit entendre de nouveau, et ces jeunes filles,
modestement parées, exécutèrent avec
précision une danse religieuse; elles
la terminèrent en offrant aux spectateurs charmés le plus beau groupe
qu'on ait jamais vu. On commença
alors de chanter dans une langue dont
je n'entendais que les sons A ces chants
pieux et solennels succéda un discours

qui fut prononcé par celui des vieillards, le plus avancé en âge ; son discours et sa personne excitèrent l'attention de tout l'auditoire. Une danse nouvelle termina la cérémonie, l'assemblée se dispersa, et je restai seul avec Oromade. Je compris bien qu'on venait de célébrer une sorte de cérémonie religieuse, mais tout ce qui venait de se passer d'extraordinaire me jettait dans le plus grand étonnement, c'était pour moi une énigme comme tout le pays lui-même.

Parmi les jeunes filles qui avaient exécuté la danse mystique que j'ai rapportée plus haut, une seule avait continuellement fixé mes regards. Dieu ! qu'elle était belle ! quel air de modestie répandu sur toute sa personne ! Si j'avais vécu dans les temps heureux de la Grèce, je l'aurais prise pour Hébé ou pour la fille de Saturne. Son visage réfléchissait, comme un miroir, la candeur de son âme, sa piété angélique et sa timide innocence. Autour de ses yeux rayonnait un charme inexprimable, auquel mon cœur se laissait prendre malgré lui. Chacun de ses mou-

vemēnts, rempli de graces ou de majesté, formait un lien qui m'attachait
à elle, aveugle que j'étais sur les conséquences qui pouvaient en résulter!
Lorsqu'un de ces chastes regards venait
à tomber sur moi, j'étais saisi d'un trouble involontaire. Ma passion parlait plus
haut que mon devoir, et je devorais
alors des yeux ses célestes attraits.

Oromade me conduisit par la main
dans son habitation, qui était peu
éloignée du temple et située dans un
bosquet de lilas et de jasmins. La jeune
et charmante fille que j'avais admirée
dans le temple, et dont le souvenir occupait mon âme toute entière, vint
au devant de nous jusque sur le seuil
de la porte. Elle se jetta au cou d'Oromade qui la serra tendrement entre
ses bras. Qu'elle me parut intéressante !
combien je fus ému à son aspect! J'aurais désiré d'être une rose attachée
au sein de cette aimable fille, et mollement agitée par ses palpitations fré-
quentes. « Oh! me disais-je, quelle volupté ce serait de mourir sur un sein
aussi chaste et aussi beau! » Oromade
se tourna ensuite de mon côté, et re-

marquant ma mine d'un pauvre péni-
tent, il se mit à rire, puis il prit sa
fille par la main, et me la présenta
comme son enfant. Je lui fis une profonde révérence, et lui baisai la main ;
elle rougit et parut interdite ; je me re-
tirai en arrière un peu confus. « Saint-
Alme, me dit Oromade, tes procédés
respectueux ne sont pas de mode chez
nous, baise ma *Zulime* sur le front ; c'est
ainsi que dans nos climats on témoigne
son estime pour une fille. ». Je ne me
fis pas répéter ce bon avis, et de
suite j'appliquai mes lèvres tremblantes
sur son front d'albâtre. Un regard d'a-
mitié me témoigna son remercîment.
Après cette trop courte cérémonie
d'étiquette, nous entrâmes dans l'intérieur de la maison. Le logis d'Oromade était orné simplement et sans
recherche, mais un goût pur y avait
présidé. On y voyait régner partout
une propreté sans luxe, une élégance
sans prétention.

Oromade m'invita à m'asseoir sur
une ottomane, et dit tout bas quelques
mots à sa fille. La charmante Zulime se
retira, et bientôt après elle revint suivie

de quelques femmes qui me lavèrent les pieds, ainsi qu'à mon aimable hôte, et les fortifièrent par des eaux odorantes. Elles s'éloignèrent ensuite, après avoir mis toutefois à ma disposition quelques vêtements légers et commodes que j'endossai, et dont je me trouvai fort bien.

# CHAPITRE IX.

## *Un pays rare.*

QUEL heureux pays que celui qui, protégé par la solitude, réunit les hommes en frères ! La vertu céleste y fait son séjour et le peuple d'individus qui goûtent par avance les délices du paradis.

Tout ce que je voyais me semblait encore un rêve charmant, et je craignais que mon songe ne finît trop tôt. Oromade voyait avec satisfaction le timide embarras que je témoignais et le peu de moyens que j'avais d'en sortir. Il paraissait attendre que je lui fisse quelques questions, mais l'enchantement où je me complaisais me faisait hésiter. Cependant, comme il me tardait d'être éclairci sur ma destinée future, je me décidai à interroger le père de l'adorable Zulime. Oromade consentit à m'instruire complettement sur tout ce pays dont l'existence et les merveilles étaient pour moi une véritable énigme.

« Mon cher Saint-Alme, me dit-il, tu te trouves dans une base * de la mer sablonneuse de la Lybie. L'existence de ce pays est entièrement inconnue au reste du monde. La fondation de notre colonie se perd dans la nuit des temps ; l'histoire qu'on en rapporte consiste dans un tissu de merveilleux et de fables semblables à celles dont se compose l'histoire de tous les peuples. Il suffit de sçavoir que nos ancêtres vécurent ici infiniment heureux. Ils étaient ab-solûment isolés du monde, et ne for-maient d'abord qu'une association peu nombreuse d'hommes qui se croyaient placés dans un paradis terrestre, et qui, pleins de cette idée, non seulement se rapprochèrent volontairement de tout ce qui était pur et honnête, mais encore arrangèrent sur ce plan les mœurs de leur petite république. Il est vraisemblable que la première co-

---

* *On appèle base une étendue plus ou moins grande de pays fertiles au milieu des déserts, soit dans l'intérieur, soit au delà de l'Egypte.*

Ionie consistait en Egyptiens, sous le gouvernement des Pharaons, lesquels opprimés sans doute par leurs maîtres, abandonnèrent l'Egypte, et rencontrèrent par hasard, au milieu d'une mer de sables, une patrie plus belle, plus heureuse que la leur. Quelques hommes de tête et de cœur donnèrent à la colonie des lois douces et raisonnables. Nos temples et nos fêtes sont simples, mais ils portent dans l'âme je ne sçais quoi de salutaire qui l'émeut et la touche vivement. Nos prêtres sont les hommes les plus distingués de notre nation; ils enseignent à la jeunesse les devoirs de l'humanité; ils impriment dans les cœurs encore tendres l'amour des vertus et le désir de les pratiquer toutes; le besoin de la verité, le respect pour les bonnes mœurs et l'esprit de fraternité qui animent tous les citoyens et les unissent entr'eux par des liens de roses, produisent parmi nous les effets les plus heureux. La mère commune du genre humain a suffisamment pourvu à notre nourriture, et dans ce pays l'ou ne s'inquiète jamais de quelle manière on vivra.

Nous avons, à la vérité, des domestiques ( ils descendent des esclaves que nos ancêtres ont amenés avec soi de l'Egypte ); mais ils sont si libéralement traités, qu'ils n'ont jamais eu la moindre envie de devenir maîtres. La raison en est qu'ils sçavent fort bien que, pour constituer un beau tout, il faut indispensablement des maîtres et des domestiques. Ils travaillent, nous travaillons avec eux. Ils prennent part à nos plaisirs, et nous partageons leur joie; ont-ils des peines? nous pleurons avec eux, nous les aidons à supporter leurs chagrins et, s'il est possible, nous les faisons cesser. En un mot, c'est le nom seul, et non point le cœur, qui nous sépare. Notre petit pays recèle des mines d'or dont on fabrique une assez grande quantité de bijoux précieux. Ces bijoux, nous les échangeons dans les contrées lointaines, contre les choses qui nous sont utiles ou dont nous avons un besoin réel.

Les hommes qui, parmi nous, sont doués de talents et de courage, sont destinés à voyager chez les nations étrangères et à nous communiquer les

découvertes

découvertes les plus utiles et les plus récentes qu'ils ont été à portée de faire dans leurs voyages. Leur propre conscience, leur raison et l'amour de l'humanité les attachent avec des chaînes de diamants à leur destinée et au sol qui les a vus naître. Ils ne sont dans le monde, que comme des étrangers, et ils ne se trouvent vraîment heureux et sans inquiétude, que dans nôtre île fortunée. Découvrent-ils en quelqu'endroit un homme digne de nous appartenir? ils cherchent à le pénétrer, et s'il a donné des preuves d'une grande sagesse ou d'un rare sçavoir, ils nous l'amènent. Personne jusqu'à ce jour ne s'est repenti d'avoir été admis parmi nous.

Nous avons le plus grand soin de récompenser ceux qui sont actifs et studieux, et nous aiguillonnons sans cesse ceux qui nous paraissent avoir besoin de stimulants. Nous ressemblons en cela à une nombreuse famille d'abeilles qui travaillent de concert pour un seul et même but. Dans chaque famille, le plus ancien d'âge est le chef qui en dirige toutes les affaires au dedans et au dehors. Chaque famille possède une étendue de terrain assez considérable, pour qu'elle suffise amplement aux besoins de tous, en sorte que jamais les moyens d'existence ne manqueraient à une maison, lors même que tous les membres qui la composent, parviendraient à un âge fort avancé. La fille qui, en se mariant, entre dans une autre famille, se trouve de suite, et par ce seul fait, comprise dans les relations politiques de la famille de son mari, et elle en devient un membre utile.

Chez nous, l'amour suit la direction que le Ciel paraît lui avoir tracée. Deux cœurs qui se conviennent, sont-ils une fois enchaînés l'un à l'autre? il n'y a aucune raison qui puisse jamais les séparer. Nous ne connaissons pas, ici les motifs de convenances, nous n'avons point égard aux raisons d'intérêt, et l'histoire de notre nation ne nous fournit aucun exemple de liaison rompue ou de foi trahie. La jeunesse ne connaît ici que ce qui est bon et équitable, parce qu'on a grand soin de lui laisser ignorer le mal que nos sages voyageurs ont appris à connaître dans les régions qu'ils ont parcourues. L'innocence, mon cher Saint-Alme, cesse de mériter ce nom, quand elle établit des comparaisons, quand elle sçait qu'il existe tel ou tel vice.

Le Ciel qui ne nous a jamais abandonnés, a pourvu à ce que notre population fût toujours en rapport avec l'étendue de notre colonie. Cet avantage tient aussi au secret de l'existence de notre île; et ce secret est soigneusement et inviolablement gardé par les habitants; en effet, quel est celui d'entr'eux qui voudrait courir le risque de perdre son bonheur avec son secret? De plus, quand bien même on en apprendrait quelque chose dans le monde, on ne sçaurait jamais rien d'assez positif, pour nous causer la moindre inquiétude; enfin, il ne peut se faire en aucune façon qu'un étranger aborde dans nos heureux états sans notre consentement formel. L'immense océan de sables, qui nous environne de touté part, et qui protége notre République contre toute espèce d'invasion, l'ignorance des chemins qui conduisent à nos demeures fortunées, le soin que nous prenons souvent d'aller à la découverte dans les environs, tout nous garantit que notre précieuse tranquillité ne peut jamais être troublée en aucune manière............ Je ne finirais point, cher Saint-Alme, si je voulais t'instruire plus au long des usages et des mœurs de notre pays ; je te laisse l'avantage et le plaisir de t'en instruire par toi-même avec le temps. » Ainsi parla mon généreux hôte ; je ne perdis aucune de ses paroles.

# CHAPITRE X.

## *La couronne de myrte offerte par les mains de l'Amour.*

PRÉFÉRER un bien incertain à celui qui s'offre à nous, c'est un acte de déraison, qui ne peut entrer dans la tête d'un sage. Le bonheur toutefois ne peut exister que partout où résident l'amour, l'innocence et la joie.

Lorsqu'Oromade eut cessé de parler « Eh bien! lui dis-je, quel a été ton but, en me conduisant ici? » « Si tu ne l'as pas encore deviné, écoute moi. Tu as défendu mes jours, tu as conservé un père à sa fille, un saint devoir m'imposait l'obligation de te récompenser selon mes facultés. J'ai cru ne pouvoir mieux faire, que de t'amener dans un pays où l'amour et le bonheur ont fixé leur séjour. Nos lois exigeaient une épreuve de tes vertus;

mon fils, tu l'as soutenue avec cou- rage, je te regarde comme bien digne d'habiter parmi nous. Fais tes réflexions pendant quelque temps, et décide, avec connaissance de cause, si tu veux nous appartenir ou nous quitter. ». « Oh! m'écriai-je plein d'enthousiasme, je ne balance pas! où je suis bien, c'est là qu'est ma patrie! Où règnent l'amour et la vertu, c'est là qu'il faut construire une habitation! » Oromade se mit à rire, puis « nous verrons » me dit-il. « Mes réflexions sont toutes faites. » répliquai-je. « Déjà! répondit-il sérieusement! mais, mon ami, cela se fait-il donc aussi vite? » Je gardai le silence, et Oromade me fit quelques menaces en badinant. « Avant tout, bon jeune-homme, il faut me promettre de ne rien précipiter; il faut t'éprouver soigneusement, avant que de prendre aucune détermination. » Je le promis sincèrement, et Oromade me parut très satisfait. Il me recommanda sur-tout d'étudier la langue du pays, et même il me proposa obligeamment de me servir de maître. J'acceptai volontiers son offre, et je me mis à étudier avec une passion véritable. Faut-il s'étonner de ce que je fis en très peu de temps des progrès rapides? La fille d'Oromade, qui toujours assistait à nos leçons, prenait le plus vif intérêt à mes études, et me facilitait par toutes sortes de moyens la connaissance des principes de sa langue maternelle.

L'adorable Zulime s'était emparée de mon cœur dès le premier jour que je la vis dans le temple, au milieu d'un groupe de jeunes prêtresses qu'elle effaçait par sa beauté. Plus je vivais auprès d'elle, et plus ses qualités inappréciables me faisaient chérir sa belle âme. Jamais, non, jamais je n'avais vu réunis dans un même être tant de bonté, tant de charmes et tant d'innocence!... O Mikélie, pardonne, si je t'outrage! mais ta beauté n'est plus rien, si je la compare à celle de Zulime; un seul regard de cette créature céleste détruit le souvenir de tous les charmes que j'ai remarqués en toi. Tu seras heureuse, ma chère Mikélie, tes graces et tes vertus m'en sont garant, mais, hélas!... ce n'est plus moi qui ferai ton bonheur!

Dès que les premiers rayons du soleil éclairaient l'Ile fortunée, je volais au jardin où la charmante Zulime arrosait ses fleurs, composait un bouquet de celles qu'elle venait de cueillir. Je l'aidais dans ses amusements; j'arrachais avec elle les mauvaises herbes, je taillais quelques arbustes, je semais les graines nouvelles , ou je mettais sous la protection d'un tuteur les rameaux qui pliaient sous le poids des fruits savoureux. Fidèle aux instructions de son père, je la baisais quelquefois sur le front, et j'attachais sur son sein la première violette que le souffle du zéphir avait fait éclorre; alors un sourire plein de charmes, un doux serrement de mains me payait de mes peines si flatteuses et si peu méritoires. Après le travail, nous nous reposions ensemble sous un berceau de chèvrefeuilles. Là, je m'efforçais de converser avec elle; mes fautes grammaticales l'amusaient infiniment, elle me reprenait avec douceur, je m'en corrigeais... Cela pouvait-il être autrement? quand l'Amour enseigne à parler, on ne peut que faire de très grands progrès sous un maître aussi habile. O vous tous,

qui apprenez un art quelconque, re-
cevez en les premières leçons du Dieu
d'Amour, et vous marcherez à pas de
géants dans la carrière que vous sui-
vrez! Il n'y a point au monde de mé-
thode plus sûre et plus facile que celle-là.

La troisième lune avait à peine achevé
son cours périodique, que non seulement j'avais appris la langue de nos
fortunés Insulaires, mais encore j'avais
fait, sous les yeux de Zulime, de grands
progrès dans mes chastes amours. Cet
Ange adorable passait entre mes bras
des heures entières; je la pressais contre
ma poitrine. Pure, sensible et délicate,
elle croyait, avec raison, à la délicatesse et la pureté de mes sentiments.
J'avais déjà oublié la leçon d'Oromade;
et moins timide, je cueillais sur les
lèvres de sa fille un baiser plein de
charmes qui enivrait mes sens et me
fortifiait dans la résolution que j'avais
prise de demeurer dans cette heureuse
colonie. L'avenir le plus riant s'offrait
à mon imagination, et mes espérances
croissaient de jour en jour avec la cer-
titude que j'avais de les voir bientôt
couronnées. Pouvais-je désirer encore

quelque chose ? quels vœux avais-je à former sur la terre ? je possédais une femme charmante, j'habitais un séjour digne des Dieux, j'étais exempt de soucis rongeurs. Pouvais-je rencontrer dans le monde quelque chose qui m'offrît un charme plus puissant ?... mon cœur, mon âme, tous mes sens me disaient que non. Je pensais quelquefois à ma chère cousine !.... « Je suis loin d'elle, me disais-je, elle ne songe peut-être plus à moi ; un autre amant a pris ma place, un autre la rendra heureuse. Peut-être a-t-elle versé quelques larmes sur mon absence, mais l'habitude de ne plus me voir lui a fait oublier nos serments réciproques. Elle était bonne et sensible, je le crois.... mais les femmes !... les femmes !... Il n'en est point ainsi de ma bien aimée Zulime. Si je l'abandonnais, helas ! je briserais son cœur, j'empoisonnerais sa félicité, et le chagrin de notre séparation la conduirait infailliblement au tombeau. » Telles étaient mes réflexions. Il faut pourtant l'avouer : la passion y avait plus de part que le sentiment, je déprimais la vertu des

Femmes, je faisais injure à Mikélie pour élever ma nouvelle conquête au-dessus de toutes les personnes de son sèxe.

Bien déterminé à me fixer pour jamais auprès de Zulime, je fis part de ma résolution à son respectable père. Celui-ci en fut véritablement charmé, et ce fut pour lors qu'il approuva, qu'il bénit un choix auquel ma volonté seule avait eu part. « Mon cher fils, me dit-il, je rends grace au Ciel de ce qu'il me permet enfin de récompenser, par la main de ma fille, le service signalé que tu m'as rendu en me sauvant la vie. J'espère que tu ne te repentiras jamais d'avoir choisi pour épouse la fille d'Oromade. » « O mon père ! répliquai-je en serrant Zulime dans mes bras, le repentir ne peut trouver d'accès auprès de celui qui repose sur ce sein pur et chaste ; jamais il ne pourra troubler les doux épanchements qu'un amour vertueux commande. Les chagrins cuisants, les soucis amers ne se glisseront jamais dans mon cœur, car mon cœur aura toujours pour sauve-gardes l'amour et l'amitié la plus tendre. » « Sois heureux, mon fils, puisque tu es ainsi gardé!.. Plusieurs jeunes garçons, ajouta-t-il, se présentent en ce moment pour contracter les liens du mariage ; la célébration du sacrifice aura lieu dans huit jours, prépare toi pour cette époque, et commande tes habits de fête. » Je ne sçaurais exprimer avec quelle ardeur Zulime et moi désirions le moment fortuné où nous devions passer dans les bras, l'un de l'autre, et nous donner amour pour amour. Mes heures s'écoulaient comme dans un agréable songe ; je voyais dans Zulime ma douce compagne, mon épouse fidèle, et les pensées que cette riante perspective faisait naître en moi, plongeaient mon âme dans un torrent de délices. Mille fois dans la journée je serrais dans mes bras mon adorable amie, et je ne la laissais échapper toute confuse, que pour la reprendre de nouveau et lire mon bonheur dans ses yeux rayonnants d'amour.

A peine l'aurore du jour le plus solennel de ma vie commençait d'éclairer les portes de l'Orient, que je quittai

la

la maison, accompagné d'Oromade, et
tenant par la main l'être charmant
auquel j'allais associer ma destinée.

Oromade me conduisit dans un vaste
palais, dont la noble architecture portait l'empreinte de l'élégance Egyp-
tienne, et offrait un coup-d'œil imposant et magnifique. Ce palais, qui n'é-
tait guère qu'à un quart de lieue de
notre habitation, était le local où se
réunissaient les pères du peuple, où
se traitaient les affaires publiques; c'é-
tait là aussi que le Gouvernement faisait sa résidence habituelle. L'assemblée
était déjà réunie dans une grande salle;
Oromade convoqua les Sages du pays,
et se joignit à eux. Zulime et moi,
aussi bien que ceux qui se présentaient
pour la célébration du mariage, nous
fûmes tous placés sur les dégrés du
trône qu'occupait le Président.

Un silence religieux et solennel régnait dans la salle. Alors on nous donna
lecture des lois du pays, et nous ju-
râmes de les suivre. Après cette cérémonie, je fus inscrit au nombre des
citoyens de cette heureuse contrée,
reconnu comme tel par le peuple, et

K

embrassé fraternellement. Le cortége défila ensuite dans le temple où le plus sage du pays posa gravement la main de Zulime dans la mienne. Ce fut de la même manière, qu'il unit les autres amants qui étaient venus se ranger sous les lois de l'hymen. Tous les jeunes époux se jurèrent mutuellement un éternel amour et une fidélité à toute épreuve. Au même instant on brûla des parfums, et nous fûmes couverts de fleurs par les assistants. Cette fête publique fut terminée par un discours grave que prononça devant nous un vieillard, et dans lequel, après avoir retracé les devoirs du mariage, il s'attacha à nous prouver que c'est toujours de leur pratique sainte et rigoureuse, que dépend le bonheur de notre vie. Des danses, des concerts, des divertissements de toute espèce achevèrent cette heureuse journée, et le flambeau de l'hymen brûla pour moi pendant toute la nuit.

# SAINT-ALME

## AU

## NÉGOCIANT *R**** A TOULON.


Mon cher Ami, vous avez connu par mes lettres le bonheur de votre Saint - Alme, et certainement vous vous en êtes réjoui de tout votre cœur. Si les contrées de ce vaste univers ressemblaient toutes au fortuné séjour que j'habite depuis dix - huit mois, si les hommes étaient partout aussi bons, aussi vertueux qu'ils le sont ici, ils n'auraient plus de vœu à former sur la terre, leur félicité serait parfaite. Obligez moi, mon cher ami, de faire part à mes parents de ma situation présente; dites leur tout ce que vous sçavez sur le lieu que j'habite maintenant et où je finirai mes jours. Le conseil des Sages et le chef suprême de la nation qui m'a admis dans son sein, m'ont accordé la permission de faire connaître à mes amis le cercle d'aventures singulières, que j'ai parcouru depuis mon départ de la ville d'Aix ( cette communication ne touche en rien au secret de l'existence de notre Colonie ) ; je vous prie donc de vouloir bien raconter à mes respectables parents tout ce qui peut les intéresser de mon voyage en Egypte et en Syrie. J'ai appris avec joie que ma chère cousine a accepté de la main de son père, l'époux qu'il lui destinait depuis qu'il ne recevait plus de mes nouvelles ; je suis charmé de cette alliance, D'héricour est un homme d'honneur, rempli d'excellentes qualités ; bon fils et bon ami, il sera également bon père et bon époux. Veuillez bien embrasser pour moi mon oncle et ma chère tante, Mikélie et D'héricour ; dites leur que je ne les ai point oubliés, et que je me rappellerai toujours avec reconnaissance l'amitié et l'intérêt qu'ils m'ont témoignés depuis mon enfance. Dites, s'il vous plaît, à mon oncle, et à ma tante particuliérement, que je les remercie du fond du cœur de tous les bienfaits qu'ils m'ont prodigués sans cesse, et que je ne laisserai échapper aucune occasion de leur donner de temps en temps de mes nouvelles. Nos Sages sont inconnus au monde, et le monde est en relation avec eux ; je ne manquerai donc pas d'occasions pour expédier, comme je l'ai déjà fait, mes lettres et paquets pour la France.

Gardez pour vous, mon cher ami, une partie des bagatelles ci-jointes, et faites agréer l'autre à mes bons parents. Portez vous bien, et n'oubliez jamais celui qui vous aimera éternellement.

SAINT-ALME.

# NOTES



## SUR L'ÉGYPTE ET SUR LA SYRIE.

L'ÉGYPTE, située en Afrique, est bornée au nord par la Méditerranée ; à l'orient, par l'Arabie pétrée et par la Mer rouge ; au midi, par la Nubie ; et à l'occident, par la Barbarie. On la divise en trois parties, sçavoir : la *haute Egypte*, qui est au midi ; l'*Egypte du milieu*, et la *basse Egypte*, qui est au nord. La haute Egypte ( autrefois la Thébaïde ) comprend les villes suivantes : Girgé, Siout, Kené, Asna, Souène et Ibrim. L'Egypte du milieu comprend le Caire, Fioum et Suez. La basse Egypte comprend Alexandrie, Alberton, Rosette et Damiette. Le Nil est le seul fleuve qui arrose l'Egypte. Les habitants de cette contrée lui doivent la fertilité du sol qui les nourrit. — La ville du Caire ( capitale de toute l'Egypte ) se divise en trois parties : le vieux Caire, le nouveau Caire, et le faux-bourg de Boulac qui est sur le bord du Nil. Vis à vis du Caire, et de l'autre côté du Nil était autrefois la ville de Memphis, ancienne capitale de l'Egypte. Environ à 3 lieues du Caire sont les fameuses pyramides qui servaient de sépulture aux Rois d'Egypte et qu'on mettait au rang des sept merveilles du monde. Dans la même contrée est le lac de Kern ( autrefois le lac Mœris ) près duquel étaient le fameux labyrinthe et les sépultures des anciens Egyptiens. A l'Est du nouveau Caire, on voit les ruines de l'ancienne ville d'Héliopolis où était un temple consacré au soleil.

La Syrie, située dans la Turquie d'Asie, renferme les pays connus autrefois sous les noms de Syrie , de Phénicie et de Palestine. Les Turcs l'ont divisée en six gouvernements, savoir : le gouvernement d'Alep , celui de *Tripoli* , celui de *Seyde*, celui de *Damas*, celui de *Jérusalem* , et celui d'*Adgéloun*. Le gouvernement d'Alep comprend Alep , Antakie , Alexandrette et Membig. Le gouvernement de Tripoli comprend Tripoli, Ladikieh , Kanobin, Hems et Tadmor ( autrefois Palmire ). Le gouvernement de Seyde comprend Seyde ( autrefois Sidon ), Beirout, Sur ( autrefois Tyr ) Acre et Deir-el-Kamar. Le gouvernement de Damas comprend Damas , Baalbek , Bsora et Adréat. Le gouvernement de Jérusalem comprend Jérusalem ( autrefois capitale de la Judée ) Eriha , Béthléem , Hébron , Jaffa, Gaza, Naplouse ( autrefois Sichèm ) et Sebaste. Le gouvernement d'Adgéloun

comprend Adgéloun, Amman, Maab ( autrefois Moab ) et Karak ( appelée Mont-
Royal du temps des Croisades ). — L'ancienne Judée, qui fut appelée ensuite Palestine par les Romains, est renfermée aujourd'hui dans la Syrie.

# EXTRAIT du rapport fait au PREMIER CONSUL par le colonel *H. Sébastiani.*

*Acre.* L'enceinte de cette place a été réparée. Tous les ouvrages sont bien entretenus. La partie la plus faible est celle qui regarde la mer, et particulièrement le point qui défend l'entrée du port. — Les forces de Djezar montent, dans ce moment, à environ 13 ou 14,000 hommes dont 9,000 employés au siége de Jaffa. Jérusalem et Nazareth sont occupés par les troupes du Pacha d'Acre. les Naplousains servent contre Aboumarak.

*Jaffa.* Le Visir, après la prise de l'Egypte, en a fait reconstruire l'enceinte qui, dans ce moment, est dans le plus mauvais état. Aboumarak, Pacha de la Palestine, qui défend cette place, y a 4,000 hommes de garnison.

*Gaza* est ocupé par 400 hommes des troupes d'Aboumarak.

L'Emir des Druzes * a refusé à Djezar

---

* *Les Druzes se prétendent originaires des Français qui se refugièrent dans les montagnes du Liban, lorsque les Européeas perdirent les conquétes qu'ils avaient faites dans la Terre-Sainte. Les Druzes ne sont ni chrétiens, ni mahométans, ils forment une secte particulière. Leur état est enclavé dans le gouvernement de Seyde, et s'étend aussi dans une partie de celui de Tripoli.*

sa contribution annuelle, et a fait des ar-
mements imposants. Le Pacha attend la
prise de Jaffa pour l'attaquer. Les Anglais
ont voulu intervenir comme médiateurs
entre l'Emir et Djezar, mais ce dernier a
refusé leur médiation.

La Porte a, dans ce moment, peu de
rapports avec la Syrie,


**F I N.**

www.ingramcontent.com/pod-product-compliance
Ingram Content Group UK Ltd.
Pitfield, Milton Keynes, MK11 3LW, UK
UKHW022240120726
13694UKWH00003B/909